KB149512

최고의 가치

나의 일을
사랑하기로 했다

최고의 가치

나의 일을 사랑하기로 했다

김상미 외 7명 지음

강은숙 김단비 오승미 윤석재
최서연 한명욱 한수진

Prologue

들어가는 글 ①

“일을 제대로 하는 것의 힘”

배드민턴을 배우기 시작했습니다.

‘사람들이 나만 빼고 운동하면 어쩌지?’

여러 가지 생각들이 있었지만, 용기 내 문의하고 등록하였습니다. 배드민턴 그거 별거 있어. 그냥 치면 되지라고 생각했습니다. 준비운동을 하고 몸풀기로 서브를 넣고 운동을 시작합니다. 그리고 개인지도를 받습니다. 6개월이 지나도 운동 실력은 나아지지 않았습니다.

‘배드민턴이 나한테 맞는 운동이 아닌가….’

생각이 들 무렵 개인지도 코치님의 칭찬과 선배님들의 무심한 듯 뱉어내는 말들이 저를 움직이게 해 주었습니다. 제가 처음 접하는 일도 그랬습니다.

‘저 일을 내가 할 수 있을까?’

'일하면서 실수하면 어쩌지?'
2001년 처음 일을 시작한 그때.
일을 시작하기 전 나를 가로막았던 것은 나의 마음이었습니다.
이러한 생각들이 나를 지배하고 몸을 움직이지 못하도록 하였습니다. 용기를 내어 발을 내디딘 것을 시작으로 지난 15년 동안 많은 사람을 만나고 경험하였습니다. 이처럼 일도 처음의 서투름이 익숙함으로 다가옵니다. 처음 배우기 시작한 배드민턴의 운동 근육이 쌓이듯이 일 근육이 쌓이고 그것이 경험의 자산으로 조금씩 쌓여 갑니다.

성공을 경험하는 힘

성공한 사람들을 보면 다양한 스토리 사건이 등장합니다.
"내가 죽기 전에 당신에게 10억의 유산을 남긴다.".
어느 날 꿈을 꾸고 복권을 구매합니다. 그리고 10억 원에 당첨되었다.
하지만 이러한 큰 변화의 계기를 만날 확률은 현저히 낮습니다.
이러한 스토리가 나에게 일어나길 바라기보다 내가 경험하는 것을 통하여 성장 스토리를 만들어 갈 수 있습니다.

일의 경험을 통한 실패에 부딪치면 실패할 수 없었던 변명을 늘어놓고, 남 탓, 환경 탓을 합니다. 이러한 경험을 통해 나의 문제를 제대로 인식하고, 해결할 방법을 제시해 줍니다.
아무리 좋은 방법을 제시한다고 해도 결국은 일을 시작하는 것에서 출발합니다.

어른들은 얘기하셨습니다.
"열심히 일해서 돈 벌어야 한다. 힘들어도 꾹 참고 일해야 한다. 오래 일해야 돈을 벌 수 있단다."
아무것도 모르는 어릴 적에는 어른들의 말이 정답이라고 생각하였습니다. 세월이 흘러 어른이 되어 열심히 일하면서 힘든 일이 있어도 참았습니다. 그런데 참는 것이 다가 아니라는 생각이 들었습니다. 세상은 더 빠르게 변화되고 있습니다.
"어떻게 일해야 할까요? "
"어떻게 돈을 잘 벌 수 있을까요?"
"일을 하지 않고 살아갈 수는 없나요?"
특히나 요즘은 적게 일하고 많은 돈을 벌고자 하는 사람들이 늘어나고 있습니다. 돈을 쉽게 벌 수 있는 것처럼 다양한 매체에서 이슈로 다루고 있습니다.

이처럼 우리는 여러 가지 질문 속에서 살아가고 있습니다.
"변화하는 세상 속에서 뒤처지지 않고 앞으로 나아가는 방법은 무엇일까요?"
그 답은 '경험'이라는 과정을 통해 성장한다고 믿습니다.
일의 경험을 통해 마음의 근심 걱정이 하나씩 사라져 갔습니다. 작은 도전들이 실패에 대한 두려움을 사그라지게 하면서 작은 경험을 시작하였습니다. 이 책에는 다양한 직업군이 존재합니다. 어린이집 교사, 독서전문가, 토목 엔지니어, 1인기업가, 간호장교, 광고대행사, 전략을 기획하는 직업인들의 경험담을 모두 들어볼 수 있습니다.

일의 적성이 아닌 무엇을 하고자 찾는 힘

현재 하는 일에 대해서 깊이 생각해 본 적이 있습니까? 일은 태어나 생을 마감하는 날까지 함께 하는 것입니다. 아이는 부모님의 사랑을 받고자 옹알이와 몸으로 표현하고, 나이 든 부모님은 자식들의 관심을 받고자 노력하십니다. 이처럼 일은 평생 함께하는 것이다. 이 모든 일은 연결이 되어 하나의 방향으로 나아갑니다. 그 방향은 작은 도전과 경험으로부터 시작됩니다.

일을 대하는 우리들의 자세는 그렇게 시작됩니다.

1년 전부터 지금의 일이 나에게 맞는 걸까?
나는 과연 나에게 맞는 일을 하고 있는지 살펴보기로 했습니다. 일정을 기록하고 그날 나의 기분을 작성했습니다. 기록한 일정과 기분을 점검하면서 나의 적성 여부를 찾을 수 있었습니다. 하지만 나에게 맞는 적성을 찾는 게 아니라 내 일에 대한 확신을 찾고 싶었던 것입니다. 어쩌면 우리에게 적성은 우선순위가 아니고 생활하는 데 필요한 돈이 우선순위일 것입니다. 이 책은 일이 나에게 어떤 의미인지, 일하면서 나를 가로막았던 벽들을 만나면 어떻게 헤쳐 나가는지, 일을 하면서 만난 최고의 순간들은 언제인지, 취업을 준비하는 이들에게 어떤 선택을 하고, 도전해야 하는지 알려주는 직업의 바이블입니다. 이러한 경험을 바탕으로 실행을 녹여낸 책입니다. 여러분께 새로운 관점으로 일을 바라보는 계기가 되었으면 합니다.

김상미

Prologue

들어가는 글 ②

"새로운 도약을 꿈꾸는 분에게"

어렸을 때는 빨리 일해서 돈을 벌고 싶었어요. 돈을 버는 지금은 괜찮은 어른이 되고 싶어서, 학생 때보다 공부를 많이 해요. 나에게 돈을 가져다주는 일, 직업에 대해 여러분은 어떻게 생각하시나요? 원하는 일을 하는 분도 있을 테고 하다 보니 전공과 상관없는 직장에서 일하는 분도 계시겠죠? 원해서 시작한 일은 아니지만, 점점 좋아하게 되기도 하고요. 23살에 사회생활을 시작했어요. 올해로 딱 20년이 됐어요. 저처럼 한 번쯤은 지난 직장생활을 돌아보고 싶은 분, 지금 하는 일을 소개하고 싶은 분들과 이야기를 나누고 싶었어요.

2021년 겨울, 제가 운영하는 BBM(Book, Binder, Mindmap) 커뮤니티 회원들과 공저 쓰기를 시작했어요. 《1인 기업 제대로 시작하는 법》 출간을 시작으로 《나의 일을 사랑하기로 했다》로 마무리하려 합니다. 시작부터 지금까지 함께 해주신 BBM 회원님들 고맙습니다. 함께 작업한 강은숙, 김단비, 김상미, 오승미, 윤석재, 한명욱, 한수진 작가님도 감사해요. 각자의 타임캡슐을 타고 과거를 다녀와, 미래를 꿈꾸고 현재의 일을 사랑하게 되는 시간이 되셨죠?

책은 총 5가지 이야기_1장 일은 나에게 어떤 의미인가, 2장 나를 가로막았던 벽들, 3장 내가 만난 최고의 순간, 4장 취업을 준비하는 이들에게, 5장 나의 일을 사랑하기로 했다_로 구성됐어요. 일을 막 시작하는 분부터 지금 하는 일에서 권태기인 분, 새로운 도약을 꿈꾸는 분에게 도움이 되시면 좋겠습니다.

마지막으로 BBM 공저를 맡아주신 자이언트 북컨설팅 이은대 작가님께도 감사인사를 남깁니다. 함께 하는 작업에서 중심을 잡는 게 얼마나 어렵고 중요한지 알게 되는 시간이었습니다. 가르침 감사해요.

《나의 일을 사랑하기로 했다》 책을 통해 일의 의미, 돈 버는 재미를 찾아보세요. 보물이 가득한 책 속으로 볼펜 한 자루 들고 같이 출발해요.

1인기업 도구마스터 책먹는여자

최서연

Contents
차례

〈제2장〉

나를 가로막았던 벽들

〈제 3 장〉

내가 만난 최고의 순간

〈제 4 장〉

취업을 준비하는 이들에게

〈제 5 장〉

나의 일을 사랑하기로 했다

01

일은 나에게 어떤 의미인가

01

강은숙

일은 나와 함께 하는 인생이다

20대 초반 여의도로 출근했다. 전철역으로 가는 길, 사람들이 우수수 어디론가 발걸음을 재촉했다. 문득 계단을 오르며 일터로 가는 길에 나도 갈 곳이 있다는 소속감을 느끼며 기분 좋았던 기억이 있다. 맞다. 일이란 내가 사회에 소속되어 있다는 안정감과 정당한 보수를 받고 보람을 느끼며 삶을 영위할 수 있게 해 준다. 소속감에 이어 나의 정체성을 찾아준다. 우리는 태어나 성인이 될 때까지 사회가 정한 교육과정을 받는다. 학교 성적으로 나를 평가하고 점수에 맞춰 대학교에 진학한다. 학교를 졸업하고 난 후 원하든 원하지 않든 자기 밥벌이를 하며 살아가야 한다. 직장을 가짐으로 자신의 정체성을 찾고 나아가 자아실현을 위해 다양한 삶을 선택한다. 나는 일하면서 나름의 고통도 따랐지만, 일한 만큼 받는 급여와 일을 통해 얻는 경험이 자산이 되어, 또 다른 나를 발견한다. 20대 무역회사에 5년 동안 근무했다. 지금은 어린이집 교사로 16년째 일하고 있다. 좀 더 잘 살고 싶어 직장 다니며 꾸준히 자기계발 중이다. 그동안의 삶을 되돌아보며 일이 나에게 주는 의미를 세 가지로 정리해 본다.

첫 번째, 생계유지다. 중간관리자 교육을 받을 때 S대 아동보육과 교수가 수업 전에 질문을 던졌다. "은퇴가 얼마 남지 않았어요, 오랜 세월 보육 관련 일을 하면서 많은 변화가 있었는데 교수로 일하며 가장 고마웠던 일이 뭐였을까요?"라고 질문을 던졌다. 나는 맨 앞에 앉아 손을 들었다. 보육 현장에서 많은 일을 하셨던 교수이기에 "열악했던 보육 제도를 개선해서 아이, 부모, 교사, 기관들이 질 높은 혜택을 받을 수 있게 해 준 일입니다."라고 대답했다. 교수는 고개를 끄덕이더니 더 중요한 것이 있다며 말을 이었다. 지금까지 내 생계를 책임져주고, 공부할 수 있게 해 주고, 좋아하는 사람들과 여행을 다닐 수 있게 해 줘서 고맙다고 했다. 교수이기에 공적을 대답할 줄 알았는데, 현실적인 대답에 고개가 끄덕여졌다. 일을 왜 하냐고 물으면 나는 생계유지가 가장 먼저인데 선뜻 입 밖으로 내뱉지 못했다. 혼자 아이를 키우며 힘들게 생계형으로 일하는 모습을 보이고 싶지 않아서일까. 교수의 솔직한 모습에 솔직하지 못한 내가 부끄러웠다. 이제는 당당하게 말할 수 있다. 일을 왜 하냐고 물으면 '먹고살려고 해요' 라고 웃으며 말한다.

두 번째, 삶의 활력을 얻는다. 하루는 점심을 먹는데 파트너 교사가 어머니 이야기를 했다.
"선생님, 엄마가 건강 검진을 받았는데 몸무게가 35kg 나가요. 의욕도 없고 밥맛도 없대요. 주말에 나가자고 하면 '추운데 뭐하러 나가' 라고 하고, 뭐라도 배워보라고 권하면 귀찮다고 싫대요. 그럼, 일이라도 하라고 하면 '경력도 없는데 어떻게 일하냐고' 해요. 이제는 엄마한테 말하는 것도 포기했어요. 엄마 마음대로 하라고요."
선생님 어머니는 52세다. 예전에는 교회도 다녔는데, 요즘은 아무것도 안 하고 집에만 있다고 하며 걱정했다. 집에만 있다고 다 의욕이 없고 힘들지는 않다. 더 바쁘게 취미생활을 하는 등, 다양한 활동을 하는 사람도 있다. 나는 가끔 휴일에 아무것도 안 하고 집에만 있을 때 기운이 없고 무기력해진다. 침대에 누워만 있거나, 드라마를 연속해서 본다. 이렇게 하루를 보내고 난 일요일 저녁은 뭔가 허탈하고 한숨이 나온다. 그래서 가능하면 바깥으로 나간다. 가까운 카페라도 가서 책을 보거나 산책한다. 한결 기분이 나아진다. 일요일 저녁이면 월요일에 출근해야 한다는 생각에 기분이 가라앉을 때도 있다. 쉬고 난 월요일 아침, 피곤함을 느끼며 출근한다. 선생님들과 인사하고 모닝커피를 마시며 주말 안부를 묻는다. 출근길 피로감은 어디로 갔는지, 특별한 일이 없다는 것에, 매일 반복되는 일상에 감사하며, 한 주를 활기차게 시작한다.

세 번째, 힘들지만 일을 하면 문득문득 행복하다. 프랑스에 사는 조카가 있다. 직장을 다니면서 프랑스 사람을 만나 결혼까지 했다. 결혼도 안 하고 프랑스로 간다고 이야기를 들었을 때 염려도 됐다. 하지만 한 번 사는 인생, 사랑하는 사람을 만나 한 번쯤 터닝포인트를 해도 멋지다고 생각했다. 혹시 안 좋은 상황이 되어 다시 한국에 돌아와도 인생에 쓴맛을 봤지만, 얻는 것 또한 있겠다 싶었다. 하지만 우려와 달리 지금 10년째 프랑스에서 자기 일을 찾아 즐겁게 살고 있다. 조카 덕분에 1월에 프랑스 여행을 다녀왔다. 여행하며 많은 이야기를 나누었다.

"혹시 한국에 들어오고 싶지 않아?"

"아니, 나는 혹시 이혼해도 한국에는 안 들어갈 거야."

"왜, 프랑스가 뭐가 좋은데?"

"일이 재미있어, 복지가 좋고, 일에 귀천이 없어. 평등해"

프랑스에서 열심히 프랑스어를 공부하고 셰프 일을 배웠다. 이제는 직접 카페를 운영하려고 준비하고 있다. 가족 모두 임신하길 원하지만, 일을 선택했다. '이모! 하고 싶은 일을 찾았더니 자다가도 아이디어가 떠올라서 벌떡 일어나 메모하고 자.' 라고 말하며 의욕이 넘쳐났다. 여행을 마치고 돌아오는 길, 공항에 데려다주고 바로 출근해야 하는 조카를 걱정했더니 출근하는 게 좋다며 웃는다. 생계를 유지하고, 삶의 활력을 얻고, 자기 일을 찾아 힘들어도 힘든 줄 모르고 신명 나게 일하는 것이 행복이지 싶다.

"휴. 힘들다. 엄마, 사람은 언제까지 일해야 해?"

올해 신입 교사가 된 둘째 딸이 한숨을 쉬며 묻는다. 힘들어 보였다. 속으로 생각했다. 평생 해야 한단다. 측은했다. 비단 내 딸뿐일까. 사회초년생들 아니, 모두가 일하며 살아간다. 돈이 많아서 일할 필요가 없는 사람도 있겠지만, 그들이 과연 행복할까 의문이다. 힘들고 어려운 과정. 세상에 쉬운 일이 어디 있겠는가. 그래서 월급도 받고 휴가도 쓰는 거겠지. 분명한 것은, 우리는 이러한 쉽지 않은 과정을 통해 '성장'을 한다는 사실이다. 일만 힘든 게 아니라 삶 자체가 고행이기도 하다. 꽃길만 걸으면 좋겠지만, 꽃길만 걸어서는 그것이 꽃길인지조차 모를 테니 여전히 불행할 테고. 어차피 겪어야 할 힘들고 어려운 과정이라면, 차라리 그 모든 순간을 품어버리면 어떨까. 내 인생이니까.

02

김단비

토론하는 인생

어릴 때는 어른이 되면 원하는 일을 뭐든지 가질 줄 알았다. 어른이 되니 '돈을 많이 벌 수 있는 직업은 무엇이 있을까?' 생각하게 됐다. 고등학생 때, 돈을 많이 벌고 싶었다. 방학 때면 꼭 아르바이트를 했다. 모은 돈으로 그 당시 좋아하던 god 콘서트를 자주 갔다. 디지털카메라, 최신핸드폰 등 그 당시 유행하는 전자기기도 모두 가졌다. 원하는 물건을 사기 위해 주말에는 카페와 예술의 전당에서 일했다. 사장님들이 일을 잘한다고 칭찬했다. 알바생 언니가 못 나오는 날에 무조건 나에게 전화했다. '용돈이 필요하면 알바하면 돼' 라는 생각에 일은 '돈을 버는 곳' 이 되었다. 대학 진학을 회계학과로 갔다. 돈과 관련된 일을 많이 하면 돈을 많이 번다고 착각했다.

회계학과의 매력은 알바를 많이 할 수 있다는 점이다. 인턴으로 방학을 보내면서 학비를 벌었고, 3학년부터는 일명 주경야독으로 낮에는 직장을 다니고 밤에는 대학 수업을 들었다. 심지어 주말에는 대구 수성구에서 국어논술 과외 보조 알바를 하였다. 이 일도 우연히 카페에서 알바 할 때 만난 인연으로 이루어졌다. 알바 하는 쉬는 시간에 틈틈이 책을 읽었다. 단골손님과 책에 대해 자주 이야기했다. 몇 달 뒤 알바 할 생각이 없는지 물어보았다. 그렇게 매일 돈을 벌고 있기에 그렇게만 살고 싶었다. 특히 일을 잘한다는 칭찬에 쾌감을 느끼며 일 중독자로 7년을 살았다. 30대가 넘어 남는 것이 있다면 저질 체력과 온몸이 보내는 신경통이다.

직업이란 나를 표현하는 방법이다. 누군가 '나에게 누구세요?' 라고 묻기보다는 '무슨 일 하세요?' 하고 묻는 경우가 더 많다. 영화감독은 영화를 만들면서 자신의 모든 것을 표현하고, 소설가는 소설을 창작하면서 자기 생각들을 담아 표현한다. 독서코칭은 자기 생각을 표현하도록 돕는 일이다.

'무슨 일 하세요?' 하고 누군가가 나에게 묻는다면 '독서코칭 선생님입니다.' 이렇게 말한다. '독서 코칭이 뭐예요?' 하며 백이면 백 되묻는다. 아이들에게 독서지도를 하는 것이 아니라 독서를 잘할 수 있도록 도와주는 역할이 나의 역할이라 믿어서 독서코칭 선생님이라고 직업을 설명한다.

독서모임을 만들어 도와주는 역할이지 이렇게 해라. 저렇게 하라 하며 지시하는 일을 하고 싶지 않다. 함께 독서하며 즐거워하는 그런 자리에 있고 싶었다. 이런 의미를 주구장창 이야기하면 고개를 끄덕인 후 대화가 끊긴다. 이 직업을 가진 나는 만족한다. 사람들과 책으로 이야기할 때 행복하다. 책 하나로 몇 시간 동안 수다를 떨다가 목이 나간 적이 많다. 책으로 만난 사람들과 이야기하면서 삶의 즐거움을 나누는 걸 표현하는 사람이기에 독서코칭 선생님이 나를 표현해 주는 하나의 수단이다.

아이들을 좋아한다. 특히 아이들과 이야기를 나누는 게 좋다. 대학생 때 논술 과외 선생님의 보조알바가 직업을 선택하게 해 준 계기였다. 아이들이 쓴 글을 첨삭하거나 교재 정리를 도와주는 일을 했다. 무엇보다 선생님께서 토론하는 걸 옆에서 기록하였다. 그때가 가장 기억에 남는다. 아이들이 책을 읽고 열심히 자기 생각을 이야기하는 그 모습이 예뻐 보였다. 대화를 하나씩 기록하고 생각들을 정리하는 그 시간이 기다려지곤 했다. 친구들이 해맑게 교실 문을 열고 들어와서 토론할 책을 다 읽고 좋았던 점을 주저리주저리 이야기한다. 가만히 귀 기울여 듣고 있을 때 기쁘다. 책을 읽고 즐거워하는 모습을 보면 내가 아이들을 행복하게 해 준 기분이다.

학교에 다니는 아이들은 부모님의 영향도 많이 받지만, 선생님 등 함께 생활하는 어른들의 영향도 받는다. 아이들과 말을 할 때는 조심 또 조심한다. 아무 생각 없이 내뱉은 한마디에 아이들의 기분이 좋았다가도 슬퍼진다. 같은 토론자의 입장에서 단순히 가르치려는 마음을 버리고 경청과 도움 자의 역할을 가진다. 도와주는 역할은 지식 전달자보다 훨씬 더 많이 책을 읽고 공부해야 한다. 필요한 기본 지식을 습득하는 것을 뛰어넘어 아이들이 다양한 생각을 할 수 있도록 도와주어야 한다. 또한 열린 사고를 가질 수 있도록, 특히 독서를 통해 배운 지식과 글을 바탕으로 아이들이 세상을 살아가게 되는 지혜를 얻도록 도와야 한다. 최대한 많은 시간을 들여서 연구하고 또 연구한다. 처음에는 아이들과 1시간을 토론하기 위해서 며칠 동안 밤을 새우기도 했다. 그 덕분에 1시간 동안 아이들이 책을 읽고 토론하면서 즐거워하고 책 수다를 계속하는 모습을 봤다. 내 수고가 제대로 전달되어서 보람이 있었다.

방통대 유아교육학과를 진학하였다. 독서코칭 수업하면서 아이들의 교육에 좀 더 도움이 되고 싶었다. 학교에서 배운 공부를 어떻게 하면 수업에 녹여낼 수 있을까 고민하면서 공부하였다. '난 교사가 아니야' 를 매일 외치지만 기본적인 아이들의 발달과정을 알아야 했다. 공부하니 아동 상담에 흥미가 생겼다. 수업을 들으면서 아이들에게 잘못된 영향력을 끼치지 않기 위해 노력했다.

3년의 세월이 지나 학교도 졸업하고 아이들과 매일 소통하다 보니 아이들의 마음을 읽을 수 있었다. 어린아이들도 상처가 있다는 걸 알게 되었다. 마음을 보듬어 주고 싶은 마음에 '독서치료' 에 관심을 가졌다. 독서치료와 관련된 책을 읽었지만, 과연 책으로 마음이 치료가 될까 하는 의구심도 들었다. 아이들이 책을 읽고 지혜를 만들어 가는 걸 지켜보다 보니 어린아이들이 상처를 깊이 간직하고 살아간다는 걸 알게 됐다. 아이들은 책을 통해서 자신과 비슷한 환경에 있는 주인공에게 몰입한다. 책 속 주인공의 행동을 보면서 상처가 치유되기도 하고, 자신의 고민을 친구들과 터놓고 이야기하면서 치유와 극복을 한다. '독서치료가 존재하는구나.' 깨닫게 되었다. 아이들은 누구나 자신 없는 분야가 있다. 아이들을 관찰하여 그 분야들의 책을 읽고 토론하였다. 앎의 즐거움을 느낀 아이들에게 도서관의 '십진분류법' 을 통해 각 분야의 책들을 스스로 찾아 읽을 수 있게 도와주었다.

또한 부모님이나 선생님에게 말 못 한 고민도 친구가 되어서 들어준다. 함께 책을 통해서 같이 고민도 하는 시간을 가지니 아이들과 소통도 잘 되고 즐거운 토론을 했다.
독서코칭을 시작하기 전에는 아이들의 잘못된 행동을 보면 기질이 못된 아이라는 편견이 있었다. 아이들과 토론하는 삶을 살면서 아이들의 그런 모습은 스스로 표현하지 못해서 하는 행동들이 대부분임을 알게 됐다. 아이들이 단순히 어리기 때문에 그렇다고 생각지는 않는다. 어른들과 같이 깊이 생각하고 자기 생각을 표현하는 방법만 안다면 아이들은 제대로 말과 행동을 할 수 있다.

어른들과도 독서코칭을 한다. 책 속에 숨겨진 작가의 의도나 각자의 다양한 경험을 나눈다. 같은 내용을 읽고도 서로 다른 반응을 보이는데, 그것이 서로에게 도움이 되기도 한다. 아이들처럼 마냥 '옳다' 고 하지 않는다. 사람마다 각자의 취향이나 철학, 가치관, 세계관 등이 다르므로 베스트셀러라 하더라도 의견이 분분하다. 이러한 토론이나 코칭 과정을 통해 모르던 사실을 배우기도 하고, 타인의 의견이나 주장에 논박을 펼치며 성장하기도 한다.

다양한 이들과 매일 책에 관한 이야기를 나누는 것이 나의 직업이다. 좋아하는 책도 읽고, 깊이 있는 대화도 나누고, 타인의 눈으로 세상을 보는 '최고의 경험'을 하기도 한다. 나는 이런 나의 직업에 만족하고 감사한다. 나에게 직업은 토론이며, 더 많은 이들이 독서와 토론을 통해 성장할 수 있도록 돕고 싶다.

03

김상미

일을 통한 경험이라는 발자국

일은 인생을 살아가면서 꼭 필요한 요소입니다. 그렇기에 일을 하지 않고 살아가는 건 불가능합니다. 일을 통하여 업의 가치를 가지며 그에 상응하는 수입을 얻게 됩니다. 그 수입을 바탕으로 가정과 외부에서 소비하고자 하는 물품을 구매할 수 있습니다. 그러나 일을 통하여 얻는 것만 있는 건 아닙니다. 그러면 일을 통해 어떤 것을 얻지 못하게 될까요? 일에 집중하게 됨으로써 가정에 할애하는 시간, 자신의 성장과 나를 들여다볼 수 있는 집중 시간이 줄어들게 됩니다. 줄어든 시간은 일은 하는 시간만큼 중요합니다. 그 시간을 통하여 일을 지속하는 힘, 제대로 성장하는 힘을 얻을 수 있기 때문입니다.

이처럼 일은 무언가를 얻고 무언가를 잃게 됩니다. 인생도 그러합니다. 살아가다 보면 나에게 이득이 되는 점도 있고, 이득이 아닌 걸 알면서도 해야 하는 일들이 있습니다. 현명하지 못해서 그런 걸까요? 손해인 걸 알면서도 그렇게 해야 하는 상황들은 누구에게나 존재합니다. 다른 사람들은 고등학생 때까지 열심히 공부해서 대학교 들어가면 놀고먹으며 즐길 거라고 했지만 저는 반대였습니다. 그렇게 자유분방한 생활을 하였습니다. 그리고 대학교 들어가면서 고민이 점점 늘어났습니다. 무슨 일이든 '두 가지'를 모두 가질 수는 없습니다. 날씬한 몸매와 야식, 친구들과의 게임과 학업 성적, 가수가 되고 싶다는 꿈과 가족의 응원. 이러한 것들은 결코 동시에 가능하지 않습니다. 하나를 얻기 위해서는 하나를 포기해야 한다는 인생의 원칙부터 받아들여야 합니다.

이어지는 저의 첫 직장의 이야기를 풀어보겠습니다. 어설프지만 열정이 가득했던 20대 초반 대학생의 모습이 아직도 눈에 선하게 그려집니다. 진로에 대하여 고민이 많았던 대학교 3학년 연구소에서 월급제 일을 시작하였습니다. 그렇게 시작된 일은 학교생활을 주간에서 야간으로 변경하였습니다. 그리고 학습과 일을 병행하는 생활이 이어졌습니다. 처음에는 일이 나에게 맞는지 안 맞는지 판단할 겨를이 없었습니다. 직장에서 나에게 처음 주어진 일이기에 시키는 대로 하는 것이 배우는 자세라고 생각하였습니다. 여러 박사님의 일을 도우며 정신없는 하루가 지나갔습니다. 사람들은 연구소에서 일한다고 하면 부러워하였습니다. 주간에는 일하고 야간에는 공부한다고 대단하다고 말하였습니다. 부러움을 받는 것도, 대단하다고 느끼는 것에도 마음의 동요는 생기지 않았습니다. 그들이 생각하는 것보다 그 일은 아무나 할 수 있는 일이었습니다. 그러나 생각을 바꿔보려고 노력하였습니다. 누구나 가능하지만 아무나 할 수 있는 일은 아니라고 생각을 전환하였습니다. '아무나' 에서 시작된 일을 가치 있는 가능성으로 바꿔보고자 했습니다.

연구소에서 하는 일은 그럴듯한 일을 상상해 볼 수 있지만, 표준을 측정하고 실험하는 곳입니다. 미세한 길이까지도 정확하게 측정해야 하기에 물체에 먼지가 묻어나면 안 되었습니다. 알코올 소독을 진행하는 것이 저의 일이었습니다. 이후 정확한 값을 위해 최첨단 기계를 이용하여 길이 측정을 하였습니다. 아무리 최첨단이라지만 그 시절은 사람이 꼭 필요한 상황이었습니다. 물체를 올려두고 오작동은 없는지 상황을 지켜보고 결과를 기록하였습니다. 그 결과에 따라 박사님들은 또 다른 실험이 진행되었습니다. 길이는 짧은 것만 이루어진 것이 아니기에 긴 것을 측정하는 100m 연구실도 있었습니다. 이곳 또한 정확한 측정을 위해 처음부터 끝까지 오고 가고를 반복하며 알코올 소독을 진행했습니다. 진행하다 보면 오전 시간은 금방 지나가고 점심때가 돌아오곤 하였습니다. 그렇다고 매일 소독만 진행한 건 아닙니다. 길이의 결과에 따른 컴퓨터 엑셀 프로그램에 길이를 입력하고 함수를 넣어 정렬하면서 엑셀 프로그램의 활용도는 점점 높아졌습니다. 컴퓨터 자격증은 있지만 제대로 활용을 해본 적이 없기에 어느 상황에서 적절하게 사용하는지 알 수 없었습니다. 현장에서 실수를 통해 부딪치며 박사님의 꾸중을 듣기는 했지만, 제대로 적용할 때까지 가르쳐주셨습니다. 열정이 가득했던 20대 저는 이처럼 주어진 일을 실수와 함께하면서 진행하였습니다. 이렇게 시간이 흐르고 나면 가장 기억에 남는 것은 항상 두 가지입니다.

내가 저질렀던 실수, 그리고 배움.

덕분에 저는 성장할 수 있었습니다. 남은 인생에서도 많은 실수를 하려고 합니다. 그리고 더 많이 배우고자 합니다.

배움과 시간을 통하여 일의 익숙함이 묻어나면서 새로운 일들을 주기도 하였습니다. 몸은 좀 힘들어졌지만, 새로운 것의 배움을 좋아하는 저에게는 괜찮았습니다. 그리고 정확하게 뭘 할지 계획되어 있지 않았지만, 돈을 모아야겠다고 다짐하였습니다. 적금을 들면서 돈은 조금씩 늘어났습니다. 제가 쉽다고 생각한 일을 누군가는 힘들어서 금방 포기하는 사람이 있었습니다. 힘들지만 끝까지 해내는 자신에게 주는 용기와 적금이라는 목표가 있었기에 버티는 힘이 생겼습니다.

그렇게 연구소에서의 삶을 계속 이어갔습니다. 초등학교 시절에는 꿈을 작성하고 그린 후 발표했었는데 어른이 되고 보니 그러한 일들은 스스로 알아서 해야 하는 것이었습니다. 나의 삶을 들여다보는 시간은 줄어들고 필요하지 않은 시간에 허비한 날들이 늘어났습니다. 친구들을 만나 유흥을 즐기고, 연애하면서 저보다는 타인에게 집중하는 삶을 살았습니다. 일을 통한 소득으로 나의 꿈을 계획하고 찾는 여행을 미리 했다면 어땠을까요? 나의 비전을 찾는 여행을 했었으면 어땠을까요? 배움의 여행과 함께 비전과 꿈을 찾는 것에 많은 시간을 투자했다면 어땠을까요? 시간이 많이 지나고 나니 후회가 남습니다.

이처럼 일은 나를 살아있게 만듭니다. 일을 통해 사람을 만나고, 일하면서 세상을 배웁니다. 과연 일하지 않았더라면 어땠을까요? 스마트폰으로 유튜브나 보면서 방바닥에 뒹굴고 있었겠지요. 사람 만나는 일도 없었을 테고, 세상 배우는 공부도 못했을 겁니다. 일은 나에게 세상으로 나아가는 출구입니다. 일을 통해 사람과 세상을 만나 참 다행입니다. 일을 시작한 한 걸음이 "경험이라는 발자국"을 남겨 주었습니다. 그 발자국이 모여 지금의 저를 만들었지요. 궁금합니다. 설렙니다. 앞으로 제가 어떤 발자국을 더 남길지 말이죠. 누군가 제가 남긴 발자국을 따라 자기 일을 완성할 수 있다면, 아! 생각만 해도 가슴 벅찹니다.

04

오승미

꿈꾸는 직업

다른 사람들에게 일은 어떤 의미가 있을지 잘 모른다. 언제부터인가 나의 아이들에게 꿈이 무엇이냐고 물어본다. 그렇게 물어보는 것은 아이가 어떤 생각을 하는지 궁금할 때이다. 물어보면 대부분 꿈보다는 직업을 말하는 경우가 많다. 의사, 유튜버, 아이돌, 요리사, 사장님 등이 되고 싶다고 말한다. 자주 바뀌기도 한다. 사람들에게 직업과 꿈이 같은 것인지 의문이 든다. 그 꿈을 이루면 어떻게 되는지 궁금하다. 나에게 꿈을 물어보는 사람들이 있었는지 과거를 되돌아본다. 내가 그렇게 꿈꿔왔던 것들이 지금 하는 일인지도 모르겠다. 아니면 새로운 나의 꿈이 나타날 것인지 기대가 된다. 이처럼 꿈을 가지고 있느냐 없느냐는 인생을 살아가며 선택하는 직업에 다양한 기회를 제공해 줄 것이다.

직업이 세상 전부인 사람도 있을 것이며, 직업을 통해서 여러 가지 방향을 제시해 주는 사람도 있을 것이다. 또 직업을 통한 새로운 경험을 가치 있게 생각하는 사람도 있을 것이다. 직업은 나에게 어떤 것을 주고 있을까? 먼저 떠오르는 것은 우리 가족의 금전적 자원이다. 가족의 의식주를 해결하기에 매월 일정하게 나오는 자본이다. 늘 일정하게 자본이 생긴다. 정기적으로 돈을 벌고 있으니 안정적이라고 보인다. 하지만 계속 월급을 받으면서 내가 느끼기에는 우물 안에 갇혀있는 것 같은 느낌을 느낀다. 나는 매달 통장에 월급이 들어오는 날 새로운 달이 시작되었다고 느낀다. 직장인들 사이에서 말하는 월급의 노예가 되는 것을 말한다. 그렇게 반복되는 삶을 살아가고 있다. 직업이 단지 월급만으로 충족되는 것이 아니다. 직업이 내가 진정 원하는 삶과 가까우면 만족감이 커질 것이다.

처음 일을 할 때가 생각이 난다. 하루가 너무 길게만 느껴졌다. 무엇인가를 열심히 해야만 할 것 같았고, 옆에서 일하는 사람들이 잘하는 모습을 보면서 나도 저렇게 되기만을 꿈꾸었다. 시간은 그렇게 흘러갔다. 일을 계속하면서 처음에 느꼈던 두근거림과 열정은 식었다. 회사 생활 10년이 지나면서 후배들이 생기고, 일만 하면서 바쁘게 하루를 보낸다. 반복적인 생활 속에서 시간 관리를 해야만 나만의 시간이 생긴다. 회사에서 누군가 이름을 부르면 사고가 생겼는지 걱정이 앞선다. 지금은 누구에게나 업무에 관하여 설명할 수 있다. 익숙해지고 있으며, 어떤 순간은 당연시하고 살아간다. 현실과 마주 보고 있는 느낌이다. 떨림과 두근거림은 잊은 지 오래다. 반복되는 날들이 지날수록 나에게 물음을 던진다. 진정 잘 살아가고 있는가? 시간이 지날수록 의문보다는 조급하게 살아갔다. 무언가를 채우려고 한다. 배우려고 하고 공부도 하게 된다. 그렇게 하지 않으면 뒤처지지 않을까 조바심을 느낀다. 자연스럽게 책을 접하게 되었다. 학창 시절에는 책을 좋아하지 않았지만, 지금은 책을 가까이하고, 조금의 시간이 있으면 독서를 한다. 책을 읽으면서 독서모임을 알게 되었다. 독서모임을 하면서 많은 사람이 공부하고, 책을 읽고 있다는 것을 알게 되었다. 그런 것을 알았을 때, 내가 늦었구나. 자책하게 되었고, 나도 모르게 마음이 급해지기 시작했다. 다른 사람들의 자기 계발하는 모습을 보면서 나와 비교하였다. 나에게 맞지 않은 공부와 책을 무작정 보기 시작했다. 하지만 오래가지를 못했다. 하다가 그만두고, 책을 사놓고 보지 않는 횟수도 늘게 되었다.

나에게 가장 큰 문제점이 있다는 걸 알게 되었다. 그것은 나만의 꿈이 없어서 그런 것이었다. 그저 다른 사람을 따라 하기만 하고 있었다. 남들과 비교하고 나를 그 기준에 맞추면 지쳐서 쓰러질 수 있다. 나만의 속도와 나만의 방식이 중요하다는 걸 알게 되었다. 좀 더 자신을 돌아보는 시간을 가져야지만 한 발짝 앞으로 나아갈 수 있다는 걸 알게 되었다.

토목 엔지니어. 흔한 직업도 아니고, 대학교에서 우연히 실험실 생활을 하면서 배운 일이기도 하다. 대학교를 같이 졸업한 동기들을 만나보면 전공을 살린 경우는 보기가 힘들지만 나는 전공을 살려서 일하고 있다. 또 나는 일하는 엄마이다. 이런 나의 모습을 제대로 보지 못하고 남과 비교하며 바쁘게 살아가는 삶을 살았다. 요즘은 나의 속도에 맞춰 열심히 살고 있다. 지금 일을 하고 있다는 것이 살아있음을 느끼게 해 주며, 뿌듯함도 느낀다. 이런 에너지가 생기니 직장생활에서 활력소가 되어 견디게 된다. 누구에게나 직업이 에너지와 즐거움을 준다면 일을 하면서 힘들게 느끼진 않을 것이다.
일은 즐거움을 주고 에너지를 주는 나만의 활력소이다. 도로 관련된 일을 하다 보니 운전하다가 가끔 혼자서 피식거리고 웃는 날이 있다. 내가 하는 일은 혼자서만 알 수 있는 추억을 만들어 준다. 만족감도 주고 있다. 그래서 지금의 일을 오랫동안 계속할 수 있었다. 일을 해온 시간을 돌이켜보니 내가 일을 사랑했다는 것을 느끼게 된다. 글을 쓰면서 감사함에 갑자기 눈물이 난다. 매일 출근하는 것이 싫었던 적이 있었다. 출근하지 않는 일을 찾고 싶었다. 자유롭게 일하는 것을 원했다. 하지만, 지금 생각해 보면 일을 할 때 즐겁지 않았던 적이 없었다. 새로운 곳에서 새로운 경험을 하고, 다른 누군가와 이야기를 나누면서 힘들기보다는 즐겁고 행복했다. 내가 어떻게 세상을 바꿀까 하는 상상을 할 때는 신이 났다. 일하면서 산에 올라가 꼭대기에서 내려다보는 세상은 나에게 즐거움을 주었다. 가끔 터널 안 어두컴컴한 곳에 들어가면 무서웠던 적도 많았다. 현장은 더울 때 덥고 추울 때 추운 것을 오롯이 느낀다. 일하면서 새로운 것들에 대한 기대와 즐거움을 알았다. 일을 오랫동안 할 수 있었던 이유와 내 삶에 어떤 것들을 주고 있는지 한 번도 생각해 보지 않았다. 글을 쓰면서 일을 좋아하고 있다는 것을 알게 되었다.

새로운 사람을 만나서 이야기하다가 보면 자연스럽게 직업을 물어본다. 직업이 그 사람을 제대로 보여주는 것은 아니다. 직업으로 그 사람의 성격과 환경도 알 수가 없다. 그러나 한 직업을 오랫동안 일하는 사람들을 볼 때마다 대단하다고 느낀다. 가끔 회사에서 오랜 기간 일 한 사람을 만난다. 회사뿐만 아니라 어떤 일이든 한 가지 일을 그렇게 꾸준하게 해왔다는 것은 자랑할 만하다고 생각된다. 직업에 귀천에 없다는 생각도 분명하다. 그 일을 얼마나 꾸준하게 했는지가 중요하다. 지금 일을 오랫동안 할 수 있었던 이유도 먼 훗날에 오랫동안 일한 내 모습을 보고 싶기 때문이다. 지금의 나의 일이 누군가에게 도움이 되는 것이라면 보람을 느낄 것이다. 내가 직업을 가짐으로 세상의 일원이 되어 타인에게 도움이 된다는 것은 최고의 가치다. 오랫동안 누군가에게 도움이 되고 보람을 느낄 수 있는 일을 하고 있다는 것이 얼마나 감사한 일인지를 깨닫는다.

나는 지금의 직업을 가지며 꿈이 생기고 그 속에서 또 다른 즐거움과 행복을 발견하였다. 그렇기에 오랫동안 할 수 있을 것이고, 힘들더라도 잘 이겨내고 지나갈 수 있을 것이다. 그게 삶에서 에너지이고 활력소이다. 내가 꿈꾸던 꿈이 지금의 직업도 아니고, 삶이라고 말할 수는 없다. 실제로 꿈속에서 깨어나는 것도 꿈속으로 들어가는 것도 나의 의지만으로 부족할 때가 많다. 하지만 직업은 꿈처럼 깨어나면 없어지는 것이 아니다. 내 꿈이 변하듯이 직업을 통해서 꿈으로 나아갈 수 있다. 직업은 노력과 나의 의지로 개척할 수 있는 삶이다.

05

윤석재

일의 모든 것에는 의미가 있다

일을 한다는 것은 의미가 있습니다

먼저, 일은 우리에게 자신의 역량과 능력을 발휘할 기회를 제공해 줍니다. 우리가 자기 일에 열정을 가지고, 최선을 다하다 보면 자존감을 높여주고, 자신감도 심어 줍니다. 이러한 자존감과 자신감은 일의 성과에 더 좋은 결과를 가져옵니다.

대학을 졸업하고 첫 번째 직업은 'SMT 오페레이터' 이란 직업이었습니다.

전자회로기판 위에 각종 전자부품을 자동으로 조립할 수 있게 장비로 세팅하고 운영하는 생산관리일이었습니다.

군대 전역 후에 전공을 살려서 일해야겠다고 막연하게 생각하고 있었습니다. 그러나 막상 대학교를 졸업하고 나니 전공에 그다지 흥미를 느끼지 못했고 특별히 하고 싶은 일도 없었습니다. 뚜렷한 목표 없이 앞으로 무슨 일을 하면서 살아야 할지 고민하던 찰나에 친한 형님이 근무하는 회사에 마침 직원 한 명이 퇴사해서 자리가 빈 것을 알았습니다.
남아 있는 학자금 대출은 부모님께 손을 벌리고 싶진 않았습니다. 면접을 봤습니다. 졸업하고 바로 일을 시작하게 되었습니다.

생각해 보지 못했던 생소한 일이지만 설레는 마음으로 첫 회사생활을 시작하게 되었습니다. 또래 친구들보다 급여도 괜찮았고 주어진 시간과 주어진 업무에 성실하게 임했었습니다.
3~4년 정도 되니 후임도 생기고, 2교대 근무로 2주마다 낮과 밤이 주기적으로 바뀌는 불규칙한 생활과 반복되는 일상이 점점 지루해지기 시작했습니다. 어느 날 문득 "내가 이 일을 왜 하는 거지?"라는 의문이 들었습니다. 딱히 관심도 없었고 좋아하지도 않은 일을 평생 하지는 못할 것 같았습니다. 그때부터 일의 의미를 찾았었습니다.

'좋아하는 일을 찾아보자.' 퇴근 후에는 좀 더 가치 있다고 생각하는 일에 시간 투자를 시작했습니다. 자신감을 위해 체육관에 열심히 다니면서 보디빌딩 대회에 나갔습니다. 예전에는 관심 없었던 공부도 다시 해보고 싶어서 온라인 수업이 가능한 한국 방송통신대학교를 편입했습니다. 다양한 수업을 찾아 여기저기 기웃거리며 피곤하더라도 내가 정말 좋아하는 일을 찾으려고 노력했었습니다. 그러다 보니 퇴근 시간만 기다리게 되었습니다.

결국, 회사 사정이 점점 안 좋아지면서 그렇게 첫 번째 회사를 퇴사하게 되었습니다. 그동안에 온라인 쇼핑몰에도 관심을 가지고 있었습니다. 쇼핑몰을 가르쳐주는 학원에 다니면서 온라인 쇼핑몰 운영을 하다가 쇼핑몰 회사에 취업했습니다. 쇼핑몰 회사에서 일하다 보니 마케팅에 자연스레 관심이 생겨서 30대 초반에 온라인 광고 대행사로 이직을 했습니다. 온라인 광고 대행사에 입사하여 맡은 일은 AE이라는 직무였는데, 막상 광고 대행사에 입사해 보니 생각하던 업무와 조금 달랐습니다.

신입사원들은 광고주를 모집하기 위해서 전화 영업으로 하루를 시작했습니다. 말주변이 없고 내향적인 성향 탓에 주 업무인 전화 영업이 쉽지 않았습니다.

매출 압박 때문에 떠나는 동기들이 하나둘 생겼습니다. 겨우 회사에 붙어 있던 나는 연차가 쌓여감에 따라 매출 압박에서 어느 정도 벗어날 수 있었습니다. 여유가 생기면서 전화 영업이더라도 '내 일'이라는 사명으로 일을 하게 되었습니다. 일이 즐겁고 스스로 성장하는 재미를 느낄 수 있었습니다.

좋아하지 않은 일도 사명감으로 일한 경험을 통해 일을 대하는 방법을 배우고 성장할 수 있었던 것 같습니다.

일은 항상 긍정적인 경험만을 제공하지는 않았습니다. 때로는 우리에게 스트레스와 부담감을 줄 수 있습니다. 상사와의 갈등, 하루에 수십 번의 광고주의 거절, 매출 압박 등이 있습니다. 나 또한 하고 싶지 않을 일을 한다는 것은 힘들었습니다. 초점을 회사내부에만 맞추지 않고 내 업무의 전문가가 되어 10년 후 내 회사, 대행사를 차린다는 목표가 있었으면 재밌게 일을 했을 것입니다. 고객의 매출 증대를 도와준다는 사명을 부여하거나, 구체적 목표에 초점을 맞췄다면 일하기가 좀 더 재미있고 수월했을 것입니다.

내가 어떤 일을 하고 있는지가 중요한 게 아닙니다. '왜 일하는지' 의미를 생각하면서 일을 하고 있는지가 상당히 중요합니다. 지나고 보니 이렇게 깨닫기까지 지나온 모든 과정이 소중하고 의미가 있었습니다.
일하는 과정에서 내가 정말 좋아하는 일이 무엇이고 싫어하는 것이 무엇인지도 알게 되었고 나만의 일하는 방식이 생겼습니다.
이렇게 일에 대한 의미를 생각하고 회사에서 하는 일에 가치를 부여하다 보면 회사 생활에서 자기 성장에도 도움이 되는 것 같습니다.
그렇다고 일의 의미를 거창하게 사회적으로나 혹은 경제적인 성공이나, 자아실현에 두지 않아도 됩니다. 소소한 의미여도 상관은 없습니다. 주변을 둘러보면 사회적으로 아무리 성공을 해도 만족하지 못하는 사람이 있습니다. 그리고 경제적으로 풍족해도 만족하지 못하는 사람이 있습니다.
평범한 삶 속에서도 얼마든지 크고, 중요한 자신만의 가치를 가질 수 있지 않을까, 행복을 충분히 느낄 수 있지 않을까 생각됩니다. 나의 20대를 돌아보면 '내가 이일을 계속해야 하는지, 내가 이 일을 하는 의미가 무엇인지' 부터 시작해서 '좋아하는 일이 무엇인지' 고민하는 시기가 있었습니다. 30대 40대에도 좋아하는 일을 하고 있지만, 일의 의미가 무엇인지 고민합니다. 그리고 해보지 않은 일이 더 많기에 지금 하는 일이 정말 맞는 일인지 여전히 고민되고, 확실하게 해답을 얻지 못했습니다. 하지만 100% 자기가 좋아하는 일만 하며 살 수 없는 것 같습니다.

어떠한 일이든지 내가 의미를 부여한다면, 일하고 있다는 그 자체만으로도 모든 것은 의미가 있다고 생각합니다.

06

최서연

나를 비춰주는 거울, 일

일과 삶은 하나다. 일은 나를 보여주는 표현의 방식으로 거울과 같다. 처음부터 이런 생각을 가졌던 것은 아니다. 돈을 동경했다가, 점점 싫어하게 됐다. 초등학교 때 어른들은 모두 지갑에 돈을 가지고 있다고 믿었다. 오랜만에 만난 친척들에게 만 원짜리 지폐 한 장을 받을 때면 '어른들은 돈이 있어서 좋겠다' 라고 생각했다. 중고등학교 때는 빨리 돈을 벌어서 내 마음대로 쓰고 싶었다. 엄마 혼자 딸 다섯을 키웠다. 하고 싶은 일이 있어도 돈 때문에 가로막히는 현실이 싫었다. 대학교 때는 간호사 실습을 하면서 전쟁터를 경험했고, 간호사 때는 매일 울면서 퇴근했다. 모두 돈 때문이라는 생각에 일도, 삶도 불만투성이였다.

그저 주어진 대로 살았다. 그것이 최선인 줄 알고 버텼다. 열심히 살았지만, 효율성이 낮았다. 테두리 안에서 집과 직장을 왔다 갔다 했다. 경계선을 넘을 생각도 하지 못했다. 간호사 5년차, 또래보다 급여도 많았고 일도 적응해서 다닐만했다. 나쁜 것은 없었지만, 좋지도 않았다. 이렇게 살다가 인생이 끝날 것 같은 두려움이 싫었다. 첫 도발은 서울로의 독립이었다. 일단 환경의 분리가 필요했다. 서울에 연고지도 없었다. 내 몸 하나 누울 수 있는 원룸에서 시작했다. 간호사 경험으로 할 수 있는 일을 찾다가 법의학 연구소에 입사했다. 보험사에 연구소를 소개하는 영업, 의무기록지 분석, 시체검안 보조 업무를 맡았다.
광주 토박이에게 서울 대중교통 이용은 쉽지 않았다. 고향에 막 지하철이 운행하기 시작했을 때라, 서울 지하철은 나에게 공포였다. 지금처럼 어플이 있지도 않았다. 운행표가 그려진 종이를 가지고 다니던 시절이었다. 가는 길을 물어봐도 사람들은 듣는 척도 하지 않았고 모른다면서 지나쳤다. 그래서 나는 지금도 누가 길을 물어보면 알려주려고 하고, 길을 찾는 것 같으면 먼저 도움이 필요한지 물어본다. 잦은 외근 덕분에 서울 지리를 빨리 익힐 수 있었다. 연구소 홍보 영업을 하면서 새로운 사람을 만나 세일즈를 해보는 훈련도 했다.

나를 좋게 본 연구소 고객인 보험사 담당자가 이직을 제의했다. 자동차 보험회사 의료 심사업무였다. 운전도 못 했고, 보험도 몰랐지만 해보고 싶었다. 간호사를 하면서 장착된 서비스 마인드와 처음 본 사람에게도 먼저 말을 건넬 수 있는 친화력을 십분 활용해서 면접에 합격했다. 응급 중환자실에서 근무도 했고, 법의학 연구소에서 시체도 본 내가 못 할 일이 뭐가 있을까 싶어 자신만만했다. 자동차보상팀은 99퍼센트가 남성이었다. 이십 대 서무와 나만 여성이었다. 간호사 조직과는 반대였다. 당시만 해도 사무실에서 담배를 피울 수 있었다. 남자들은 전화 통화하면서도, 회의 중에도 담배를 피웠다. 호랑이 담배 피우던 시절이 아니라, 20년도 안 된 이야기다. 후각이 예민해서 제일 힘들었던 시기였다. 몇 년 뒤 실내 흡연이 금지되긴 했지만, 가끔 사무실에서 담배를 피우는 직원들이 있으면 몰래 경비실에 가서 신고하기도 했다. MBTI에서 J형의 성향이 이때도 발휘됐다.

맡은 지역은 서울 강남센터였지만, 이십 대의 무모함과 배우겠다는 의지로 다른 센터에 지원 요청이 오면 전국의 병원에 다니면서 피해자를 만났다. 보험사 직원이라는 이유만으로 문전박대를 당했다. 의료 심사는 피해자의 상태를 파악하고, 치료 기간, 향후 장해 예상 여부 등에 따라 합의금을 산정하는 데 도움이 되는 역할을 한다. 보상에 대해 모르는 나를 무시했던 보상과 직원들도 차츰 서류를 들고 와 묻기 시작했다. 엑스레이나 MRI를 봐달라며 간식을 건네며 요청하기도 했다. 일에 대한 자부심도 있었고 욕심도 생겼다. 주임에서 대리로 승진을 기다리던 찰나, 정규직에서 계약직으로 전환됐다. 출근 시간도 같고 하는 일도 변함이 없는데 급여만 백만 원 이상 깎였다. 나처럼 계약직이 된 사람들은 울며 겨자 먹기로 버티면서 다녔다.

참을 수 없었다. 회사를 대표한다는 생각으로 의사를 면담했고, 피해자를 만나러 다녔다. 나라는 존재는 없고, 회사 돈을 축내는 인간 취급을 받는 게 화가 났다. 나를 놓친 것을 후회하게 해 주겠다는 엉뚱한 오기가 발동했다. 구직 사이트를 뒤졌다. 간호사 출신이 할 수 있는 일은 다양하지 않았다. 다시 병원으로 가고 싶지는 않았다. 그러다 간호사 출신 보험설계사 모집공고를 봤다. 보험회사에는 보상팀과 영업팀이 있는데, 보상은 경험했으니 영업이라고 못할 게 있나 싶어 바로 지원했다. 간호사 출신, 보상까지 알고 있는 인재(?)라고 느끼게끔 나를 잘 팔았다. 서른다섯 살에 보험설계사로 다시 인생을 시작했다. 한 달 동안 교육을 받고 의욕이 충만해져서 사람들을 만났다. 보험을 공부할수록 빨리 내 보험부터 바로잡고 싶었고, 가족들 보험도 리모델링해 주고 싶었다. 대부분의 사람들은 보험을 잘 알고 가입한 것이 아니다. 지인의 권유를 받고 가입한 사람들은 돈만 낼뿐 자신의 보험이 어떻게 가입됐는지, 심지어 얼마를 내고 있는지도 몰랐다. 제대로 알려주고 싶은 내 마음과 상관없이 사람들에게 나는 '그저 하나 팔아먹으려는' 보험설계사일 뿐이었다.

"왜 그 좋은 간호사를 그만두고 보험을 파냐? 보험 이야기하려면 오지 마라."라고 아는 사람들에게 만남부터 거절당했다. 버티다 보니 보험설계사로 5년을 근무했다. 업적이 좋아서 사이판, 홍콩 여행을 다녀오기도 했다. SNS로 마케팅한 것 덕분에 회사 사보에 실리기로 했다. 내가 알게 된 보험 정보를 블로그나 유튜브에 올렸는데, 감사 대상이 돼서 불려 가는 해프닝도 있었다. 보험설계사가 만나자고 했을 때 반기며 시간을 내주는 고객은 거의 없다. 만나지 못한 기존 고객에게는 보장분석을 영상으로 찍어 보내기도 했다. SNS를 통해 간호사 출신 보험설계사, 간호설계사로 알려졌다. 〈당신의 보험을 간호해 드립니다〉라는 슬로건 덕분에 블로그에 보험 문의도 있었고, 나처럼 설계사가 되고 싶다는 간호사 후배들도 자주 찾아왔다. 후배들이 많아지면서 자연스럽게 약관 스터디를 맡았다. 의학에 문외한인 다른 팀의 신입사원도 합류해서 들을 정도로 인기가 좋았다. 나는 보험을 파는 것보다, 보장을 분석해 주면서 고객에게 새로운 정보를 알려주는 것을 좋아한다는 사실을 알았다. 보험설계사를 위한 강사가 되겠다는 꿈도 생겼다. 그러려면 실적이 받쳐줘야 하는데, 공부하고 가르쳐 주는 기쁨만 있고 계약 성사가 쉽지 않았다.

슬럼프가 올 때마다 글쓰기, 시간 관리, 마인드맵 등 자기 계발 강의를 들었다. 내가 아는 것부터 하나라도 알려주자는 마음으로 블로그에 모집 글을 썼다. 첫 강의료 입금을 받았을 때는 '이 돈을 정말 받아도 되나?' 싶을 정도로 떨렸다. 아는 것만 알려줬을 뿐인데 돈을 버는 세상에 입성한 것이다. 2년 동안 보험설계사와 강사를 겸업했고, 2020년에 지금의 1인기업가가 됐다.

1인기업가가 되기 전 나에게 일은 돈을 벌기 위한 수단이었다. 지금은 내 삶 자체다. 새로운 것을 만들어 내는 것이 아니라, 내가 가지고 있던 경험을 큐레이션 하는 작업으로 세상에 나를 보여준다. 그 과정에서 나는 성장하고 괜찮은 인간이 되어간다. 나에게 일은, 삶을 비춰주는 거울이다.

책 추천

왜 일하는가 (이나모리 가즈오, 다산북스, 2021년)
브랜드가 되어간다는 것 (강민호, 턴어라운드, 2019년)

07

한명욱

나로 존재하기

"형수님, 지금 어디세요?" 전화를 받은 순간 가슴이 철렁했다. 친정과 시댁에 말없이 파견을 나왔는데 어떻게 알았는지 전화가 왔다. 간호장교 대표로 인터뷰했는데 가족들이 뉴스를 보고 연락한 것이다.

2003년 4월 사스(SARS, 중증호흡기 증후군)로 해외 사망자가 늘면서 국내도 사스 의심환자 유입을 막기 위한 검역 · 방역 활동 강화 조치가 시행되었다. 가까운 중국, 홍콩, 대만 등에서 사망자가 급증했고, 치사율이 약 10%에 달했다. 보건복지부가 국방부에 군 의료진 파견을 요청했고, 그에 따라 각 병원에서 두 명씩 차출하라는 명령이 떨어졌다. 독신인 한 선배는 농담 삼아 '결혼은 하고 죽어야지.' 했고, 결혼한 선배는 '아이들이 어려서.' 라며 자원하지 않았다. 사스에 대한 정보가 없고, 감염병에 대한 대응에 모두가 불안해했다. 나 또한 이제 막 돌이 지난 딸이 있었다. 남편이 했던 질문이 떠올랐다.
"만약 수류탄이 내 옆에 떨어지면 어떻게 할까?"
잠시 아무 말도 하지 못했었다. 그러나 그 상황이 되면 가족들 생각이 나겠지만 몸은 수류탄을 덮고 있을 거라고 말해줬다. 그렇지만 남편에게 꼭 살았으면 좋겠다고 덧붙였다.
군인의 생명도 소중하다. 군인도 사랑하는 가족이 있다. 나 또한 내 가족이 소중하다. 그렇기에 나라를 위해 목숨을 바칠 수 있는 것 같다. 소중한 생명을 지키고, 수많은 가족을 지키는 것이 군인의 가치를 빛내는 것이 아니겠는가. '누군가가 가야만 한다면, 먼저 자원하자. 내가 가자.' 그렇게 결정했지만, 가족들을 걱정시키고 싶지 않아 비밀로 했는데, 뉴스를 보고 전화가 왔다.

국군간호사관학교를 지원했을 때 무엇을 하는 곳인지 솔직히 몰랐다. 군인이 되는 것뿐만 아니라, 간호를 전공하고, 간호장교가 된다는 걸 입학하고서야 알았다.
군 병원에서 일반 간호사처럼 3교대를 하며, 환자 처치와 함께 병사 관리를 했다. 때론 따뜻하게 아픈 몸과 마음을 돌보고, 때론 엄격하게 명령에 따르는 군인이 되었다.

스무 살 집을 떠나 사관학교에 입학했을 때부터 대위로 전역한 순간까지 간호장교인 내가 좋았다. 아픈 병사들이 건강하게 나아서 부대로 복귀하고, 전역해서 사회의 일원으로 나가도록 돕는 순간이 좋았다. 서른에 군에 와도 이등병은 늘 배고프고, 어려도 세상 무서운 게 없는 병장. 계급의 무게가 만드는 모습이 우습기도 하고 무섭기도 했다. 그러나 한 단계씩 진급할 때마다 느끼는 책임의 강도가 좋았다. 스스로 판단해야 하는 순간들이 늘어났지만, 매 순간 열심히 살았다. 병원에서 많은 사연을 만났고 어떻게 살아야 하는지 진지하게 고민하는 순간들이었다.

교통사고로 자녀를 먼저 보내고 술과 담배로 몇 년을 보냈다던 환자가 기억난다. 혼자남을 아내를 걱정하며, 힘겹게 투병하면서도 둘째를 임신한 나를 더 많이 걱정해준 환자였다. 출산휴가로 환자의 마지막 순간을 지켜주지는 못했지만, 지금도 한 번씩 생각난다. '아이와 만났을까?' 부디 평안하길.

종양내과에서 근무하며 죽음을 보았고, 그 이후 계급의 무게보다는 삶의 무게를 느끼게 되었다. 나의 하루는 누군가가 간절히 원했던 하루이기에, 나에게 주어진 소중한 오늘에 깊이 감사하게 되었다.

계급에 따른 평등과 강인함이 좋아 군인이 되고 싶었다. 그러나 간호장교가 되고 나서는, 나라가 위급할 때 목숨을 버릴 수 있는 용기를 얻었고, 생명의 소중함을 배웠으며, 나를 소중하게 여기게 되었다.

"왜 일하는가?"

네 아이 엄마이다 보니 경제적인 이유를 무시할 수 없다. "저 먹을 거 다 타고난다."라고 임신 때마다 시할머니는 참 좋아하셨다. 그러나 전역 후 육아만 했었을 때, 남편 혼자 벌어서는 의식주 외에 네 아이의 교육과 취미 활동, 가족 여행까지 챙기기가 여의치 않았다. 현대인의 삶이 윤택해진 만큼 기본이라고 여기는 생활의 수준이 높아졌다. '모든 걸 다 해 줄 필요가 없다. 어느 정도 결핍이 필요하다.' 라고 생각했다. 그렇지만 아이의 꿈을 지원할 수 있는 경제력 있는 부모가 되고 싶었다.

그러나 경제적인 이유보다 일하는 더 큰 이유는 나로 살고 싶어서다. 국군간호사관학교에 입학하고서야 간호를 전공한다는 것을 알았고, 간호사가 되고 싶지 않았다. 의사가 시키는 대로만 하는 사람이 간호사라고 생각했기 때문이다. 전역 후 보건교사가 되었을 때도 학생 때 한 번도 가본 적도 없던 양호실을 생각했다. 교사는 학생들에게 지식을 가르치는 중요한 일을 하는데, 보건교사는 단순히 약만 주는 사람이라고 생각했다. 내가 알지 못하는 영역을 함부로 판단했다.

간호장교가 되어서야 알았다. 누구보다 환자 곁에 있는 사람이 간호사라는 것을. 간호장교는 오더에 의한 처치 외에도 병사들의 개인적인 상황에 대해 면담하고 병사의 신변을 지키고 관리하는 사람이다. 보건교사는 기본적인 응급처치뿐 아니라 학생의 문제를 발견하고, 담임교사와 학부모 사이에서 학생의 문제해결을 위해 연결통로가 되어주어야 하는 사람이다. 아동학대 사실을 알아챌 수 있는 곳이 보건실이고, 아픈 마음 상태를 먼저 읽을 수 있는 곳이 보건실이다. 아픈 이들의 몸과 마음을 돌보는 일이 내 일이고, 삶의 의미다.

나에게 일의 의미는 나로 살아가는 것이다. 나답게 살아가는 것이다. 전역 후 보건교사가 되었다. 다양한 직업 중 하나일 수 있다. 그러나 내가 보건교사가 되기로 한 것은 학생의 삶에 들어가겠다는 의지가 있었기에 가능한 일이었다. 딱 한 사람, 도움이 필요할 때 내가 알아볼 수만 있다면. 누군가의 마음을 보듬고 위안을 줄 수 있다면 '내가 원하는 나'로 사는 방법이라 믿는다. 외롭고 두려울 때 찾아올 수 있는 한 사람이 내가 될 수 있다면 그것으로 충분하다.

왜 일하는가? 나로 존재하기 위해서다. 그리고 누군가가 자신을 소중하게 여기고, 삶의 의미를 찾도록 도울 수 있기를 바라기 때문이다. 아니, 도움이 필요한 사람과 도와줄 수 있는 사람을 연결해 줄 수 있는 그런 다리로도 좋다. 어떻게든 도움을 줄 수 있다면, 충분하다.

08

한수진

내 삶의 이유를 찾아가는 과정

일이란 '나는 왜 사는가'에 대한 답을 찾아가는 과정이라 생각한다. '왜 사는가'라는 질문은 사춘기 때만 하는 것인 줄 알았다. 나이 마흔이 되어 15년 근무한 직장을 그만두고 다시 이 질문을 하게 되었다. 아이는 셋이나 있는데 앞으로 무얼 하며 살아야 할까. 고민 끝에 온라인 쇼핑몰을 시작했다.

코로나로 아이들이 집에 있는 시간이 많아졌다.
"으앙! 형아가 밀었어요!"
"엄마! 얘가 먼저 그랬어요!"
"엄마, 책 읽어주세요."
"엄마, 놀아줘요."
아이들과 함께 있는 시간에 일을 하기 힘들었다. 그러다 보니 아이들이 잠든 시간에 일을 했고, 잠자리에 드는 시간은 자꾸만 늦어졌다. 잠이 부족했다. 어느 날은 아이들 학원 보강 수업이 있다는 것을 잊기도 하고, 막내를 데리러 어린이집에 가야 하는데 깜빡 잠이 들어 늦은 적도 있었다.

'이대로는 도저히 안 되겠다. 시간관리를 해야겠어. 기록을 해야만 할 일을 챙길 수 있겠어.'

1년 전 지인이 추천했던 3P바인더가 생각났다. 당시에 검색했다가 교육비가 비싸서 놀랐었다. 회사 다닐 때 몇 년 동안 세계적으로 유명한 P사의 플래너를 사용했었기 때문에 둘 중에 무얼 선택할지 고민이 되었다.

'이제 사업을 하는데 시간관리를 제대로 해야지! 그렇게 좋다고 칭찬한 데는 이유가 있을 거야.'

'퇴직금 아껴야 하는데.. 플래너가 다 비슷하지 뭐. 크게 다를 게 있겠어?'

사야지 마음먹었다가도 당장 벌이가 없어진 상황에 큰돈을 써도 되나 망설여졌다. 인터넷에 다른 사람들이 써놓은 평가를 더 읽어보고 나서야 3P바인더로 결정할 수 있었다. 제대로 쓰기 위해 3P바인더 기본과정인 프로과정 교육을 신청했다. 코로나로 오프라인 모임이 전면 중단된 상태여서 교육이 온라인으로 진행되었다. 3일 동안 세 시간씩, 총 아홉 시간 과정이었다. 3P자기경영연구소 강규형 대표가 1992년부터 기록해 온 천 권이 넘는 바인더를 보고 그야말로 충격을 받았다. 자신만의 역사, 자신만의 실록을 만들어가라는 말에 나도 모르게 크게 고개를 끄덕이고 있었다.

그저 시간관리를 잘하고 싶어 신청한 교육이었다. 그런데 이 교육은 시간관리뿐 아니라 꿈을 찾고, 목표를 한 방향으로 정렬하는 방법, 삶이 변화되는 독서법, 기록을 관리하는 방법 등 살아가면서 누구에게나 필요한 자기경영, 자기관리 방법에 대해 포괄적으로 다루고 있었다. 회사 다닐 때 이걸 배웠으면 얼마나 좋았을까. 어린 시절에 이런 방법을 알았더라면 내 삶이 참 많이 달라졌을 텐데. 마치 삶의 비밀 무기 같았다. 셀프 리더십이라는 무기를 가지고 살아가는 건 인생에서 엄청나게 유리한 고지를 점한 것과 같다. 3P바인더를 만들고, 교육 과정을 개설하고, 좋은 모델로서 삶을 기록으로 보여주는 강규형 대표에게 깊은 감사를 느꼈다. 현재의 3P바인더는 30년 세월 동안 다듬어진 작품이었다. 소개해 준 지인도 고마웠다.
프로과정 중에 사명을 적게 되었는데, 누구를 위해, 무엇을 하여, 어떻게 기여할 것인지가 핵심이었다. 그동안 나는 우리 가족이 행복하게 사는 것을 목표로 살아왔었는데, 범위를 확장해 가족을 넘어 다른 사람까지 돕는 사명을 적었다. 정처 없이 표류하다가 목적지를 찾은 기분이었다.

프로과정을 마치고 고민 끝에 코치과정을 신청했다. 과정 중 타인에게 TM(시간관리) 코칭을 하는 과제가 있었다. 코칭을 받은 사람들이 잊고 살던 자기 자신에 대해 생각하게 되었다며 감사함을 표했다. 바로 그거였다. 교육받을 때 내가 그랬는데, 나에게 코칭을 받은 사람들도 똑같이 느끼고 있었다. 처음에는 대부분 무료로 코칭을 해주었다. 많은 시간과 에너지를 쏟으며 코칭하고 나면 몸은 녹초가 되었지만, 삶의 의미와 꿈을 되찾아 활력이 느껴지는 사람들을 보면 행복했다. 내가 누군가의 삶에 좋은 영향을 주고 있구나. 누군가에게 다시 꿈을 찾아주었구나. 누군가를 살렸구나. 누군가를 살리는 일을 하는 사람이라는 생각에 닿으니, 내 삶이 얼마나 가치 있게 느껴졌는지 모른다. 나도 또한 그들로 인해 삶의 의미를 찾은 것이다.

가슴이 두근두근. 설레는 감정을 느꼈던 게 언제일까. 기억이 나지 않는다. 겨우내 죽은 듯 가지만 앙상하다가 날이 따뜻해지면 어느새 올망졸망 연둣빛 잎이 자라나는 나무를 보면 경이롭기까지 하다. 셀프 리더십을 배우고, 코칭으로 사람들을 도울 때 나에게도 새봄에 나무처럼 가슴속에 설렘, 희망이 싹트고 있었다. 누군가에게 도움이 된다는 게 이렇게 행복한 일인지 미처 몰랐다. 2014년부터 캄보디아에 사는 아이를 후원하고 있지만, 그것과는 전혀 다른 느낌이었다.
설레고 감사한 나의 마음이 코칭이나 강의할 때도 고스란히 전해지는 모양이었다. 수강생 단톡방은 따뜻한 감사의 글로 채워졌다. 그들이 지속적으로 성장할 수 있도록 진심으로 돕고 싶었다. 더 많은 사람들이 나처럼, 나의 수강생들처럼 자신을 찾도록 해주고 싶었다. 그래서 온라인 쇼핑몰 사업을 접고, 교육사업을 하기로 결심했다.

이 일을 하며 가장 인상 깊었던 수강생은 민지(가명) 씨다. 민지 씨는 너무나 힘든 상황 속에 있었기 때문에 특히나 마음이 쓰였던 사람이다. 코칭 후에도 가끔 나에게 전화를 걸어 다시 마음을 다잡고 싶은데 잘 안된다며 도움을 청했다. 한 시간이 넘도록 전화로 코칭을 했고, 민지 씨는 몇 번이고 감사하다며 다시 힘내 보겠다고 했다. 민지 씨가 힘든 상황에 나를 찾아준 것이 고마웠다. 내가 도움이 될 수 있어서 감사했다. 이후 내가 3P자기경영연구소의 셀프리더십 마스터과정을 수료하고, 프로과정 강의를 시작했을 때 민지 씨가 다시 나의 강의를 들었다. 그리고 초등 3학년 자녀에게 초등 셀프리더십 '보물찾기' 수업을 해달라고 요청했지만, 조금 더 커서 해주겠다고 했다. 수업을 들은 후 바인더를 활용해 꾸준히 성장하려면 부모의 도움이 많이 필요한데, 도와주기에 힘든 상황이라고 판단했기 때문이다. 자칫 아이에게 부담감을 더할 수 있고, 그로 인해 부모와의 관계가 나빠질까 염려했던 것이다.

앞에서 일이란 '나는 왜 사는가'에 대한 답을 찾아가는 과정이라고 했다. 누군가는 생계를 위해 어쩔 수 없이 하기 싫은 일을 하기도 하고, 또 누군가는 돈은 많이 벌지만 일에서 의미를 찾지 못하기도 한다. 나도 남들이 꿈의 직장이라고 말하는 공기업에 다니면서도 퇴사할 무렵에는 일에서 의미를 전혀 찾을 수 없었다. 지금 하는 일도 언제까지 하게 될지는 모른다. 더 가슴 뛰고 설레는 일이 생길 수도 있으니까. 그렇기에 일이 내가 살아가는 이유를 찾아가는 과정인 것 같다. 내 삶을 좀 더 의미 있게, 세상에 도움이 되도록 나를 가꾸어가는 과정이라고 생각한다.

02

나를 가로막았던 벽들

01

강은숙

출근길 지금은 행복해요!

나는 결혼 후 임신한 뒤 5년 다니던 무역회사에서 퇴사하고 아이 둘을 낳았다. 2004년 해외 파견 중이었던 남편의 갑작스러운 교통사고로 아이들을 홀로 키워야 했다. 아이를 낳고 뒤늦게 유아교육을 전공하고 있었기에 졸업 후 미술학원을 거쳐 민간어린이집에 다녔다. 민간어린이집을 다니면서 좀 더 좋은 조건의 국공립어린이집에 근무하고 싶었다. 아이들을 돌보고 교육하는 과정은 같지만, 국공립이나, 직장어린이집에 비교하면 민간어린이집은 급여가 작았다. 국공립어린이집은 주로 신입이나 경력 2~3년 차 교사를 뽑는다고 들었지만, 나는 기회가 될 때마다 지원했다. 우연히 개원하는 국공립어린이집에 면접을 보고 합격했다. 다니던 어린이집에 사직서를 냈다. 원장은 국공립어린이집에 다니면 해야 할 서류도 많고, 야근도 잦고 새벽 출근도 해야 한다며 그만두는 것을 원치 않았다. 나는 한 달을 다니고 그만두더라도 국공립어린이집 근무에 도전했다.

설레고 기대감에 부풀어 개원하는 국공립어린이집에 출근했다. 20~30대 초반의 교사들을 새롭게 만났다. 교사들은 당당해 보였다. 만들기도 잘하고 새로운 아이디어들도 신선했다. 거기에 유머러스까지 했다. 국공립에 다닌 경력 교사들도 있었다. 같은 어린이집에 근무하다 입사한 교사들은 사이가 좋아 보였고 호흡이 척척 맞았다. 다른 일을 하다가 재취업한 교사들은 신입이지만 업무를 능숙하게 잘 처리했다. 원장은 6년 차인 내게 경력도 있고 나이가 많다는 이유로 주임을 맡겼다. 뒤늦게 공부하고 작은 어린이집에 있었던 나는 두려운 마음이 앞섰다. 교사들하고 협력해서 잘 이끌어 가고 싶었지만 쉽지 않았다.

처음 주임을 맡으며 개원식, 입학식, 그리고 평가인증을 준비해야 했다. 평가인증은 어린이집을 3년마다 주기적으로 평가하여 상시적인 보육 서비스의 질을 확보하고자 하는 제도이다.

현재는 이름도 평가제로 바뀌고 지표들도 많이 개선되었지만, 그 당시에는 지표 개수도 많고 그에 따른 서류도 만만치 않았다. 개원식과 입학 준비는 교사들이 협의해서 환경을 꾸미고 깨끗하고 안전하게 준비하면 됐었다. 하지만 평가인증은 힘들다는 것을 알기에 서로 예민해지고 해야 할 일들이 많았다. 개원식을 잘 마치고 새 학기를 맞이하면서 평가인증도 본격적으로 시작됐다.

내 파트너는 신입 교사였다. 전체 돌아가는 업무, 반 교실 구성, 사야 할 비품 등, 하나하나 손이 안 가는 것들이 없었다. 비품을 주문하면 재질이 생각보다 안 좋거나 색깔이 다르고 불량으로 배송되기도 했다. 주문을 제대로 못 한 내 실수 같았다. 다른 반 교사들은 파트너와 짝을 이뤄 평가인증 준비를 어려움 없이 잘 진행하고 있었다. 우리 반만 준비가 제대로 되지 않는 불안한 마음이 들었다. 평가인증 심사를 두 주 앞두고 토요일에 출근했다. 부족한 교구를 만들었다. 봄 관련 책을 만드는데, 손이 더디고, 원하는 모양이 나오지 않았다. 같이 출근한 교사들은 교구들을 하나하나 완성해 갔다. 시간만 가고 진척된 것도 없고, 한심했다. 주임이니까 빨리 완성하고 다른 반도 도와주고 싶은 마음은 있었으나 그러지 못한 내가 초라했다. 별로 한 것도 없이 무거운 마음으로 퇴근했다. 월요일 출근길, 가슴만 답답하고 마음이 두근거렸다. 우리 반 환경 구성도, 원 전체도 정리가 되지 않았다. 원장은 업무를 계속 맡겼다. 해결하지 못한 업무는 쌓여만 갔다. 시간이 갈수록 마음은 나락으로 떨어졌다. 민간어린이집에 다닐 때 행복하게 일했던 나의 모습은 어디로 갔는지, 전 어린이집 원장이 말했던 힘듦이 이런 건지 생각했지만 나는 버티고, 또 버텼다.

엎친 데 덮친다고 했던가, 그 당시 우리 반 어머니 중에 예민한 분이 있었다. 하루는 놀이터에서 아이가 미끄럼틀을 타다가 넘어져 턱 밑에 살짝 상처가 났다. 상처를 확인하고 약을 발라주었다. 하원할 때 어머니에게 상황을 전달했다. 괜찮다고, 아이들이 놀다가 다칠 수도 있다며 귀가했다. 그런데 다음 날 아침 장문의 편지 4장을 써서 가방에 넣어왔다. 어린이집에 대한 민원이었다. 다른 반 선생님들이 편지를 읽고 걱정했다. 나는 진심으로 아이들을 돌봤기 때문일까, 어머니의 민원에 동요되지 않았다. 점심시간 벨이 울렸다. 어머니는 커피를 가져왔다. 마음만 받겠다며 내 마음을 전달했다. 집으로 돌아간 어머니는 몇 시간 후 퇴소한다는 전화를 했다. 아이 물건을 찾으러 오면서 나와 이야기를 나누고 싶어 했다. 교사실에서 상담하려 했으나 아이가 차에 있다며 차로 가길 원했다. 장마철로 비가 많이 내리고 있었다. 아이는 새우깡을 먹으며 뒷좌석에 앉아 있었다. 차에 탄 어머니는 나를 보더니 손을 잡았다. '선생님, 제가 우울증을 겪고 있어요. 누구한테 하소연할 데도 없고, 선생님이 좋아 제가 의지를 많이 했어요. 선생님이 커피를 받지 않는 순간 제가 거부당한 것 같았어요' 라고 말하며 어머니는 눈물을 흘렸다. 나는 어머니를 안고 토닥이며 한참을 그대로 있었다. 쏟아지는 비가 나를 대신에 울어주는 것 같았다.

평가인증이 다가올수록 잠도 오지 않고 머리가 멍한 상태가 지속되었다. 가족들은 힘들어하는 나를 보며 그만두길 바랐다. 어찌어찌 준비했던 평가인증은 무사히 끝났다. 교사들은 평가인증이 끝나고 웃음꽃을 피웠지만 나는 웃음이 나오지 않았다. 행복하지 않았다. 내가 행복해야 아이들이 행복할 텐데……. 미안했다. 이대로 있을 수 없었다. 원장이 그만두라고 할지 모르지만 각오하고 원장실로 들어갔다. 원장은 무슨 일이냐며 놀라 물었다.

"원장님 제가 행복하지 않아요."

원장에게 그동안 있었던 일들을 말했다. 이야기를 다 듣고 난 후 원장은 '선생님 미안해요, 나도 원장이 처음이라 업무를 제대로 배분하지 못하고 선생님에게 다 일임한 것 같아요.' 라고 말하며 바로 업무 분담을 조정했다. 행복하게 아이들과 일하고 싶었기에, 행복하지 않다고 솔직하게 말했던 나의 진심이 전달됐다.

살 것 같았다. 후련했다. 입사 후 7개월 동안 막혔던 물골이 트이는 것 같았다. 지금 돌이켜보면 내 업무 능력이 부족했었다. 인정하지 않고 잘하려는 마음만 가득했다. 행동하지 않고 마음만 있으니 제대로 업무를 못 하고 전전긍긍했었다. 이젠 안다. 모르면 모른다고 인정하고 부족한 부분은 공부한다. 그동안 평가인증을 세 번 받았다. 평가제 받을 때 지표를 이해될 때까지 읽고 또 읽는다. 공부하다 궁금하면 인증국 담당자를 찾아 직접 전화하고 해결한다. 처음은 누구나 힘들다. 부족했던 모습이 부끄럽기도 하지만 그 과정이 있었기에 지금의 내가 있다. 가끔 힘들 때도 있지만, 출근길, 지금은 행복하다.

02

김단비

질문으로 힘든 일을 극복했다

'독서코칭', 포항에서 처음 간판을 달았다. 홍보가 힘들었다. 학교 주변에 있는 상가주택에 살고 있어 간판만 내걸면 학생들이 우르르 몰려올 줄 알았다. 아이들은 학교에 입학과 동시에 학원을 다닌다. 그 학원에서 잘 적응한 아이들은 학원을 옮기지 않는다. 처음 시작한 일이라 상담도 쉽지 않았다. 알 수 없는 나의 능력에 상담한 학부모님들 모두 주춤했다. 간판을 걸고 한 달 동안 한 명의 친구와 수업했다. '한 아이라도 책의 즐거움을 알게 해 주자' 생각하며 일주일에 한 번 수업을 매일 밤 연구를 하였다. 한 명의 아이가 1년을 다니고 난 뒤 2명 3명, 이렇게 늘려갈 수밖에 없었다. 그 당시 코로나 상황이라 수익이 나지 않아 이 일을 계속해야 할지 고민했다. 3년 동안은 돈 번다고 생각하지 말고 경험을 쌓는다고 생각하자며 매일 결심했다. 3년을 이 악물고 꾹 참았다. 3년 동안 만난 친구는 5명이었다. 그 친구들이 독서로 생각 주머니가 열리고 교내에서 독서와 관련된 상과 발표가 늘어났다. 홍보할 때 모델도 되어 주었다. 그렇게 조금 자리가 잡히기 시작하였다.

아이들이 성장하면서 나 또한 성장하였다. 아이를 키우지 않은 나였기에 학부모의 마음을 알지 못했다. 처음에 상담할 때 독서지도, 독서논술이 아니라 독서코칭 수업이며, 함께 책을 읽고 토론하는 수업이고 교과 연계는 없다고 간곡히 알려드렸다. 시간이 지날수록 교과 연계의 책을 요구하고, 또 부모님이 원하는 책을 권하기도 했다. 처음 한두 번의 부탁을 받아주었다. 한두 권쯤이야! 생각하였다. 그러다 어느 순간 내가 원하는 길과는 다른 길로 가고 있는 나를 발견하였다.

결국에는 다시 단호하게 말했다. 아이를 다른 학원에 보낸다는 통보만 돌아왔다. 첫 상담에서 나의 비전이 아이의 부모에게 명확히 전달되지 않으면 이런 경우가 많이 생겼다. 6년 동안 할 독서토론 과정의 커리큘럼을 다시 만들었다. 아이들의 수준을 고려하여서 책들을 바꾸어 토론을 할 수 있는 로드맵을 3달 동안 작성하였다.

다시 학부모님들과 설명할 때 수업의 목적과 로드맵을 설명하면서 상담하였다. 그 전의 실수는 일어나지 않았다. 신뢰를 쌓은 후 토론수업은 친구들과 꾸준히 3년 이상 토론수업으로 만나고 있다. 커리큘럼이 있으니 수업을 연구할 때도 쉽고 어떤 방향으로 주제는 무엇을 잡아야 할지 편하다. 매월 매년 업데이트하지만, 큰 틀을 짜놓는 것은 아마 사업할 때 비전과 사업계획서를 만드는 것과 같다. 이걸 간과한 나의 큰 실수였다.

다음으로 힘든 점은 아이들이 토론할 때 어려움을 겪었다. 독서토론을 통해 독서의 즐거움을 알려주고자 시작한 수업인데 토론을 힘들어한다거나 독서를 힘들어하였다. 아이들의 행동을 관찰하고 어떤 힘든 점이 있는지 물어보았다. 한 친구는 신문 기사를 읽거나 지문을 읽을 때 싫은 내색과 작은 목소리로 읽었다. '왜 그럴까?' 의문이 들었다. '말할 때는 적극적이고 자신의 의견을 당당히 펼치는데 왜 읽을 때는 힘들어하지?' 고민되었다. 그 친구가 책을 읽을 때 주의를 기울였다. 띄어 읽기가 잘되지 않았다. 문단이 바뀌거나 줄이 바뀌면 틀리기 일쑤였고 이중모음을 읽는 것을 자주 틀렸다. 이상하다 싶어 학부모님과 상담하였다. 언어치료를 다녀온 이 아이는 난독증이 있었다. 그럴 때는 어떻게 해야 글 읽는 것에 자신감을 불어넣어

줄 수 있을까? 고민하고 또 고민하였다. 그림책 중에 난독증과 관련된 페트리샤 폴라코의 《고맙습니다. 선생님》을 참고하였다. 도서관에서 난독증과 관련된 책들을 모두 검색해서 조사도 하였고 언어치료를 공부하는 친구에게 상담도 하였다. 결론은 '노력으로 극복할 수 있다.' 였다.

토론 시간 외에 시간을 내어서 둘이 함께 책을 읽고 교정해 나갔다. 잘못된 발음을 다시 고쳐서 읽게 하고 밑줄을 그어가면서 천천히 읽는 연습을 4개월 하였다. 지금은 읽는 것에 자신감이 생겨서 친구들과 토론할 때 주눅 들지 않는다. 그 4개월 동안 매일 책을 읽으며 불평 한번 하지 않았다. 집에서 읽는 숙제를 내주어도 힘든 기색을 하지 않았다. 열심히 숙제를 해왔고 그 노력을 알기에 지금의 미소가 그냥 만들어진 미소가 아님을 안다. 그 모습을 보면 대견하다. 이 자신감에 날개를 달아주기 위해서 친구들과 셰익스피어의 《리어왕》을 함께 읽는 시간을 마련하였다. 4명의 친구가 각자 등장인물을 담당하여서 돌아가면서 대본을 읽었다. 리어왕을 읽을 친구는 진짜 왕처럼 목소리를 굵게 흉내 내면서 읽었고 코델리어를 읽는 친구는 공주처럼 읽었다. 마치 연극배우가 대본 읽기를 하듯이 우리만의 연극 읽기를 했다. 광대를 연기한 이 친구는 광대 캐릭터가 바보 같기도 하고 똑똑한 캐릭터라고 생각했다. 대사를 읽을 때 긴 문장은 또박또박 읽고 비유적인 대사는 바보처럼 읽으면서 재미있게 표현했다. 그 모습에 같이 읽던 친구들은 웃음꽃이 피었다. 한참을 킥킥대면서 웃더니 또 다른 희극들을 읽고 싶다고 아이들이 졸랐다. 이왕 이렇게 읽은 거 셰익스피어 4대 비극과 5대 희극을 같이 읽으며 6개월을 보냈다. 셰익스피어 작품에는 고어가 많다. 대사에 모르는 단어가 많았지만, 같이 추측도 해보고 사전도 찾아보면서 즐겁게 대사를 읽었다. 아이들은 책을 읽는 재미가 더 커졌다고 나에게 말해주었다. 그 뒤로 300~400페이지의 고전문학책 읽어오는 숙제도 콧방귀를 뀌며 읽어온다. 난독증을 극복한 친구는 지금 쓰기에 열심히 고군분투하고 있다. 이 또한 몇 개월이 걸리겠지만 꼭 쓰기도 자신감이 붙어서 좋아하는 책에 관한 생각 적기가 자유롭게 되길 바라본다.

또 다른 힘든 점은 아이들에게 독서 습관을 만들어 주는 일이다. 아이들이 방학이 되면 할머니 집에 간다며 한 달 쉬고 온다. 코로나나 독감으로 2주 정도 쉬기도 한다. 그동안 책을 읽지 않는다. 매일 내주는 숙제를 저 멀리 던져버리고 새까맣게

잊는다. 그 마음을 알기에 매일 연락하였다. 숙제한다는 답장은 오지만 막상 교실 문을 열고 들어오면서 죄송하다고 외친다. 일주일에 한 번 토론이 진행되는 수업이기에 책을 읽어야 수업이 진행된다. 매일 많은 학원 숙제를 다 하고도 책 읽기 숙제를 꼭 해오던 친구들이 책을 안 읽고 오거나 다시 읽기 습관을 만들 때가 힘들다. 처음부터 읽기 습관을 만들어야 하는 친구들에게는 차근차근 페이지 수를 늘리면 되지만 평소에 50~60페이지의 글을 매일 읽던 친구들은 다시 그렇게 습관을 만들려면 힘들어한다. 그래서 수업하는 동안 집중하지 못하고 다른 아이들이 토론할 때, 수업을 방해하기 일쑤다. 이렇게 가다가는 토론이 산으로 간다. 해결책이 시급했다.

어쩔 수 없이 토론 수업을 마치고 다음 수업 책을 미리 읽고 집에 가는 임무를 주었다. 1시간이고 2시간이고 책을 다 읽을 때까지 집에 보내지 않았다. 그 방법이 통했는지 그 뒤로는 아이들이 스스로 책을 읽어 와서 토론에 참여한다. 또 어떤 친구는 숙제하기 싫어서 읽어야 할 책과 쓰기 노트를 교실에 두고 간다. 그러면 저녁 수업을 마치고 '친절히' 집까지 책과 노트를 배달해 주었다. '뛰는 아이들 위에 내가 있지' 하며 아이들의 잔머리를 골려줄 방도를 매일 생각한다. 이렇게 아이들과 밀고 당기기 한다. 그렇다고 아이들이 밉진 않다. 나 또한 학창 시절에 많이 한 행동이기에 그 잔머리들이 눈에 선해서 귀엽게 보인다. 그렇게 잔머리 쓰다가도 다시 책을 읽고 즐겁게 토론하면 노력이 헛되지 않다고 여긴다. 아이들의 성장을 도와주는 일. 힘들어도 보람 있는 직업을 가지고 있다.

일을 하다 보면 많은 어려움에 부딪힌다. 앞으로도 장애물은 만난다. 어려움을 만날 때마다 질문을 해본다. '왜 홍보가 되지 않을까?', '왜 독서가 습관이 되지 않지?' 이러한 질문들을 해결하기 위해서 내가 해야 할 행동에 대해 생각한다. 질문과 동시에 답이 생각이 나지 않지만, 며칠을 고민하며 해결책을 찾다 보면 어느 순간 해결하고 있는 나를 발견한다. 어려움이 생기면 질문을 하고, 내가 해야 할 행동이 무엇인지 실천하면서 어려움을 극복하고 있다.

03

김상미

망설임보다 경험하라

결혼을 하고 두 아이를 낳으면서 다시 일을 시작하는 도전은 쉽지 않았습니다. 도전보다는 두려움이 더 앞섰습니다. '내가 무슨 일을 할 수 있을까?' 라는 생각이 들었습니다. 그러던 어느 날 조금이나마 가정에 금전적으로 도움이 되고, 우울감에 빠진 나를 찾고 싶다는 생각이 들었습니다. 이후 나에게 맞는 직장을 알아보다 전공과 관련한 컴퓨터 프로그램 회사에 이력서를 제출하였습니다. 젊고 경력 있는 사람들이 많았기에 아쉽게도 뽑히지 않았습니다. 결과를 짐작하면서도 뽑히지 않은 마음에 상실감이 들었습니다. 그 시기 나라에서 아이들 학습을 지원하는 바우처를 알게 되었습니다. 큰아이의 학습지 바우처를 신청하고 수업을 시작하게 되었습니다. 세 번의 수업 후 선생님과 아이 학습에 관하여 상담하면서 문득 궁금한 점이 생겼습니다. 그리고 조심스럽게 선생님에게 월에 얼마를 버는지 질문하였습니다. 그때 선생님은 선뜻 대답하지 못하면서 몇 초의 시간이 흘렀습니다. 그러고는 머뭇거리며 월 500만 원 벌고 있다고 대답하였습니다. 선생님의 대답은 다소 충격이었습니다. '학습지 선생님이 그렇게나 많이 벌고 있다니….' 라는 생각에 멍한 기분으로 한 주를 보냈습니다. 일주일 후 선생님이 오시고 수업이 끝난 후 학습 상담이 이어졌습니다. 그리고 저에게 제안해 주셨습니다. 아이들 가르치는 일을 함께해 보면 어떻겠냐고요. 그리고 며칠 뒤 사무실에 찾아가 면접을 보고 등록하였습니다. 생각에서 시작되어 행동으로 옮겨지는데 그리 오래 걸리지 않았습니다. 두려움이 앞섰지만 부족함을 채우고자 하는 마음이 컸기에 도전하였습니다.

이어지는 두 번째 직장의 이야기를 풀어보겠습니다.
이른 아침부터 밤늦게까지 하는 일이기에 학습지 교사가 쉽지 않았습니다. 다행스럽게도 남편이 저보다 일찍 퇴근하여 아이들을 보살펴 주었기에 늦은 시간까지 일을 하였습니다. 학습지 교사라는 일은 공부하고 아이들을 가르치기만 하면 되는 줄 알았습니다. 그런데 생각보다 추가로 할 일들이 많았습니다. 각 선생님에게 담당하는 곳이 정해지면, 그 지역 회원들이 신청한 교재가 2주에 한 번 집으로 배송이 되었습니다. 상자가 처음에는 두 상자에서 점점 회원들의 과목이 늘어나면서 다섯 상자 이상이 배송되었습니다. 상자 안에는 교재와 교재에 붙이는 스티커 몇 장이 첨부되어 들어있습니다. 이후 저는 교재에 회원들 이름과 과목을 확인 후 스티커 붙이기 작업을 하였습니다. 작업이 완료되면, 요일별로 교재를 분리하여 다시 상자에 나누어 담으면 2~3시간은 금방 지나갔습니다. 이 작업은 이주에 한 번꼴로 그렇게 진행이 되었습니다. 그리고 추가 홍보도 진행하였습니다. 홍보는 외부에 파라솔을 펼치고 회사와 저를 알리는 일 중의 하나였습니다. 제가 수업 시 담당 팀장님이 홍보를 도와주었습니다. 홍보가 대대적으로 이루어지는 날이면 그전에 아파트 동별 홍보 전단지 붙이기를 진행하였습니다. 홍보 전단지 붙이기는 전단에 스카치테이프를 작게 나누어 전단 한 장에 하나씩 미리 붙여놓아야 합니다. 제가 수업하는 지역은 1200세대의 아파트였기에 1,200장에 스카치테이프 작업을 미리 만들어놓고 일이 끝나면 아파트 동별 홍보 전단지 붙이기를 하였습니다. 3개의 동을 타고 내려오다가 보니 누군가 마구 쫓아오는 소리가 났습니다. 밤이라서 무서움에 떨고 있을 때 저에게 다가오는 분은 아파트 경비실 아저씨였습니다. 아저씨는 지금 뭐 하시는 거냐며, 당장 전단을 떼지 않으면 신고하겠다는 말씀을 하셨습니다. 심장이 쿵쾅쿵쾅 두근거리는 마음이 들었지만 힘들게 붙인 전단지를 떼지 않았습니다. 그리고 몰래 몇 동을 더 붙이고 돌아왔습니다. 다행스럽게도 이후 별다른 일은 일어나지 않았습니다. 회원들 수업, 파라솔 홍보, 아파트 홍보 전단지 붙이기를 하며 그렇게 저는 철인이 되어갔습니다. 하는 일이 늘어나면서 몸은 힘들지만, 집에 보탬이 되고, 제가 무언가를 할 수 있음에 감사한 날들이 계속되었습니다.

어느 날은 집에 들어가는데 갑자기 어지러움과 구토 증세로 중간에 차를 세워놓고 차 안에서 구토한 적도 있었습니다. 갑작스레 일어난 일이기에 내려서 할 수 있는 잠깐의 틈도 없었습니다. 그렇게 수업을 다니다가 어느 날은 마지막 집 수업을 마치고 차로 향하는데 주차장 뒤쪽 방지턱을 보지 못하고 걸려 넘어지면서 발목을 움직일 수가 없었습니다. 급하게 남편에게 전화하여 병원에 도착하고 보니 발목 골절이라는 청천벽력의 소리를 듣게 되었습니다. 학습지 교사가 걷지 못하게 되면 일을 할 수가 없는 상황이었습니다. 그때 처음으로 '그만둬야 하나?' 라는 생각이 들었습니다. 다행스럽게도 팀장님과 같은 팀 선생님들의 도움으로 한 달간 수업을 대신해 주었습니다. 저는 그렇게 감사함과 불편한 마음을 가지고 집에서 회복하였습니다. 이제 더 이상의 절망적인 일은 일어나지 않겠지라고 생각하던 어느 날이었습니다. 화장실에 가도 시원하지 않고 제대로 볼일을 보지 못하여 생애 처음으로 항문 외과를 방문하고 진료를 받았습니다. 그리고 의사 선생님은 외향성 치루라며, 수술해야 한다고 말씀하셨습니다. 그렇게 저는 최대한 수업이 지장이 없도록 금요일 제일 늦은 시간에 수술을 진행하였습니다. 그리고 일요일에 퇴원하고, 월요일부터 아무렇지 않은 듯 수업을 진행하였습니다. 무통 주사를 맞으며 이동하였기에 수술 후 수업이 가능했습니다. 초겨울이었기에 왼쪽 팔에 무통 주사를 맞고, 팔 안쪽으로 줄을 연결하여 외투 주머니에 무통 주사 약을 넣고 다녔습니다. 일을 할 수 없었던 위기가 있었지만, 주위의 도움으로 극복하였습니다. 그리고 어떻게든 끝까지 해보겠다는 의지가 있었기에 버틸 수 있었습니다. 이 위기를 극복하는 경험이 저의 자신으로 조금씩 쌓여가게 되었습니다.

그렇게 만능이 되고자 노력하였고 만능인 것처럼 하고 싶었습니다. '엄마이기에 강하다. 엄마이기에 할 수 있다.' 라며 자신을 다독이며 4년간의 교사 생활을 하였습니다. 그런 저를 지켜보신 국장님이 팀장 직책을 제안하며 팀장 생활을 시작하였습니다. 힘듦 속에서도 이 회사에서 '난 참 운이 좋은 사람이야' 라고 생각하며 지냈습니다. 교사 일을 할 때도 도와주시는 분들이 많았고, 팀장 직급으로 변경되며, 다른 곳으로 이동은 하였지만 좋은 팀원분들을 만났었기에 늘 그런 생각을 하고 있었습니다. 직급이 변경되며 수업을 다니지 않아 몸은 조금 덜 힘들었지만, 팀원들에게 도움이 되는 팀장이 되고 싶었습니다. 그러나 제 마음처럼 되지 않았습니다. 선생님별로 지역의 홍보 일정을 잡고, 일정에 맞춰 홍보를 같이해주고, 파라솔을 펼치고 홍보를 진행하였습니다. 부딪치며 정답만을 찾고자 하지 않고 그들과 함께하는 방법을 찾고 노력하면서 성장하였습니다. 두 번의 이동 후 국장이라는 직급으로 올라갔습니다. 팀장에서 국장으로 직급이 변경되고 보니 국장의 자리는 한 사무실의 모든 선생님과 팀장들을 아우르고 그들이 이곳에서 행복하게 일할 수 있도록 하는 것이 저의 직무였습니다. 잦은 이동으로 여러 사람을 만나고 함께 일하였습니다. 그러면서 그들과 함께하는 방법을 배우고, 사람을 대하는 경험이 조금씩 쌓여가게 되었습니다.

이러한 모든 과정에서 제가 만약 제안이 들어왔을 때 선택하지 않고 계속 망설이기만 했다면 어떤 결과가 나왔을지 상상이 안 됩니다. 망설임보다는 선택하였기에 지금의 제가 있습니다. 육체의 아픔으로 힘들었지만 참고 견디었습니다. 세상은 제가 견딜 만큼 시련을 주었습니다. 지금 제 고통이 초과하였다고 생각할 때쯤 견뎌보라는 제 자신이 주는 메시지를 들었습니다. 그렇게 고통 뒤에 맛보게 되는 경험은 나의 자산으로 조금씩 더 쌓여가게 되었습니다.

04

오승미

여자라는 이유, 엄마라는 이유

회사에 남자들이 많으면 여자가 일하기에 편하다고 생각할 수도 있다. 나는 대학교 때부터 공과대학에서 공부했었다. 많은 학생들이 함께 수업을 들었지만, 여학생은 거의 없어서 교수님은 여학생이 결석하면 바로 알아보셨다. 대학교 1학년 때 꾸미기도 하고 치마도 입고 다녔다. 2학년 때부터는 남자 동기들과 남자 선배들 사이에서 여성스러움보다는 털털한 공대 여자가 편하다는 걸 알아버렸다. 그렇게 지내다 보니 남자 친구들이 많고 편한 느낌이다. 일하는 직장도 여자보단 남자가 많다. 실제로 현장에 가보면 여자는 잘 찾아보기 힘들다. 화장실도 불편하고 여자라고 봐달라고 말할 수도 없다. 가끔은 남자 직원보다 일을 잘해야겠단 생각도 하게 된다. 무거운 장비를 옮기는 일을 하거나 현장에서 높은 고소 작업차를 탈 때도 먼저 나서게 된다. 회사에서 A4 상자를 옮기더라도 두 상자씩 들고 움직인다. 회사 동료들은 여직원들이 힘이 세다고 말한다. 여자라서 능력을 있는 그대로 인정받지 못하는 것 같아서 그런 말들을 들으면 사소한 말과 행동일지도 모르지만 속상할 때가 있고, 때로는 상처가 되었다.

현장에 다닐 때가 많기에 가기 전에 미리 연락하고 전화한다. 상대방은 여자 목소리가 들리면 부드러워지는 것은 사실이나, 예전에는 담당자가 아닐 것으로 생각했던 분들이 있었다. 현장에서 만나면 더 상냥한 태도를 보이시는 분들도 많다. 어쩔 땐 담당자를 바꿔 달라고 말씀을 하시는 분들이 있다. 업무적으로 통화를 하다가 몇 번 싸운 적도 있고, 나이가 많은 분들이나 조금은 고지식한 현장관리자와 통화를 하다 보면 갑자기 화를 내면서 나에게 욕을 할 때가 있었다. 회사 신입 때 그런 전화를 받으면 자꾸 생각이 나서 한참이나 울었었다. 만나서 싸워볼까, 찾아가서 따져볼까 하는 생각도 했었다. 그럴 때는 사소한 복수로 그 현장 담당자 연락처를 욕으로 저장해놓기도 하고, 전화번호가 뜨면 다른 직원에게 전화를 돌리기도 했다. 또 현장 보고서를 일부러 늦게 주기도 했었다. 15년 전 내가 가능한 방법은 이 정도뿐이었다. 요즘은 이런 경우가 거의 없다. 시간이 지나면서 사람들의 생각이 많이 바뀌어서 그렇겠지만, 요즘은 토목 쪽에 일하는 여자가 많아졌다. 또 오랫동안 일을 진행하면서 이런 경우에 유연하게 대처하는 방법을 알기 때문에 큰 소리가 나는 경우가 없는 것 같다. 힘들고 답답했던 상황들은 시간이 지나면서 자연스럽게 해결되고, 고민은 잊히게 되었다.

입사 당시에 회사에서 현장에서 뛰는 여자 직원은 나뿐이었다. 현장에 나갈 때면 회사에서 크게 인사를 하고 나갔었다. 우리 팀 사무실도 본사와 따로 떨어져 있었다. 혼자 여자라서 불편한 점이 많았다. 옆 사무실에서 담배를 피워서 힘들었었다. 그리고 현장에서 일하다가 중간에 담배 타임이 있었다. 남자들의 세계 속에서 맘 통하게 힘든 것을 말할 사람이 없었다. 시간이 지나고 회사가 사옥을 짓고 사무실을 이사하면서 여직원들 사이로 들어가게 되었다. 현장에 다녀와서는 있었던 이야기를 다른 부서나 같은 부서 여직원들과 말하는 시간이 너무나 즐거웠다. 함께 일하는 여직원이 많아지니 함께 공유할 것이 생겨서 나의 경험을 나눌 수가 있어서 좋았다. 회사에서도 여직원들이 많아지니 진급과 건의 사항을 들어주는 사례도 많아졌다. 고민했던 일들은 때로는 시간이 해결해주는 경우가 많다. 그저 고민하고 생각했던 것들이 아무것도 아니었음을 깨달을 때가 있었다.

글을 쓰다 보니 회사 생활에서 힘들었던 점들은 여러 가지가 생각이 난다. 그중에서 회식을 빼놓을 수가 없다. 지금의 회사가 아니지만, 그전의 회사에서는 거의 날마다 회식이 있었다. 회식하는 이유는 여러 가지가 있었지만 지금 생각해 보면 팀장이 회식을 좋아해서 자주 했었던 것 같다. 회사 전체가 회식을 자주 하는 분위기였다. 회식 자리는 힘이 들었다. 술을 좋아하고 여러 사람과 어울리는 게 힘들지 않았다. 하지만 업무의 연장이란 느낌으로 이런저런 이야기를 하는 것도, 먹는 것도 편하지 않았다. 회식하고 나서는 체하거나 다음날 힘이 들었다. 회식 때 안 좋은 분위기였다면 다음날 회사에서도 그 분위기가 연장될 때가 있어서 적응하기 힘들었다. 덕분에(회식이 없는) 지금 다니고 있는 회사가 좋았는지도 모른다. 회사에서 정말 견디기 힘들어서 과감하게 포기한 것은 잘한 일이다. 견딜 수 있다고 하면 대처방안을 마련해야 한다. 그렇지 않으면 가장 힘든 사람은 자신이다. 회식 자리에서 불편한 마음이 든다면 빨리 그 환경을 벗어나도록 거절이 최고의 방법이었다. 처음의 거절이 힘들지 모르나 반복된다면 거절도 쉽게 할 수 있는 용기가 생긴다. 처음부터 거절해야만 한다. 누구보다 내가 나에게는 가장 소중하다는 것을 기억해야 한다.

나는 두 아이의 엄마이다. 첫째 때는 아이 출산 일주일 전까지, 둘째 때는 출산 전날까지 일했다. 첫째 때는 만삭 때도 현장을 다녔었다. 현장은 대부분 도로가 나기 전에 산을 조사하는 일이라서, 임신했을 때 등산을 많이 했다. 한 번 도로가 만들어지기 전 공사 기간이 2년에서 3년 정도이니, 아가씨부터 봤던 현장 사람들은 임신한 나를 보고 살이 쪘다고 말하시는 분도 계셨다. 열심히 일한 덕분에 아이 둘 다 출산할 때 자연분만을 했다. 현장은 생각보다 시끄럽다. 도로 현장을 다니면서 돌 깨는 소리나 장비가 돌아가는 소리가 많은 곳을 다녔다. 한 번씩 가는 터널 현장은 먼지도 엄청나다. 그런 곳에서 임산부로 일을 하려니 힘이 들었다. 겉으로는 임산부여도 일을 잘하고 있다고 다독였지만, 속으로는 아이에게 너무나 미안했었다. 배 속의 아기에게 시끄러운 현장이나 먼지 많은 현장에 다닐 때면 배를 만지면서 미안하다고 이야기했었다. 항상 미안한 엄마였다.
우리 회사는 중소기업이지만, 여직원에 대우가 좋은 편이다.

대부분 근속연수가 길고, 경남지역에서 이름이 알려진 회사여서 많은 경험을 할 수 있었다. 여러 가지 일을 하면서 성장할 기회가 많았다. 하지만 임신한 직원은 내가 처음이었다. 선례라는 나의 경험이 다음 직원에게 본보기가 될 것이라는 회사의 방침에 출산휴가만 쓰고 복귀해야만 했었다. 업무는 거의 혼자서 하고 있었고, 출산휴가를 쓰는 동안 외주업체에 일을 맡겨야만 하는 일이라서 3개월만 쉬고 복귀를 했었다. 100일도 되지 않은 아기를 어린이집에 맡겨두고 출근해야만 했었다. 복귀하는 첫 출근길은 눈물바다였다. 남편의 위로가 있었지만 진정되기란 쉽지 않았다. 그렇게 일주일을 울면서 출근했었다. 매일 아기를 어린이집에 아침 일찍 맡기고 저녁에 데리고 나오면서 많이 힘들었다. 퇴근하면 아이 돌보기에 힘이 들었고, 양쪽 부모님들의 안타까운 소리도 들어야만 했다. 힘든 생활을 하면서 일을 계속하기란 쉽지 않았다. 그러나 시간이 지날수록 아이와 난 그 삶에서 점차 살아갈 방법을 찾아서 적응하였다. 회사에서도 여직원들을 위해서 출산휴가와 육아휴직을 같이 쓸 수 있도록 해주었다. 나의 다음 임신한 여직원은 출산 후 6개월의 휴가를 받았다. 회사가 변함에 따라 여자 직원의 평균 근속연수가 늘어나게 되었다. 나는 누리지 못했지만, 여직원들을 위한 복지가 좋아져서 다행이다. 회사에서 힘들었던 시간은 지나간 시간이고 추억이 되었다. 그렇게 견뎌냈기에 나는 지금 성장할 수 있었고 아이들과 보내는 시간의 소중함을 알았다. 남편의 소중함도 그때 깨달았다. 옆에서 도와주는 사람이 내 옆에 있다는 것이 고맙고, 감사했다. 힘들었던 시간이 없었더라면 지금의 나도 없었을 것이다.

누군가는 여자라서, 또는 엄마라서 지금 일을 할 수 없다고 말하는 사람이 있을 것이다. 나도 그랬다. 그러나 그 모든 것들이 결국 나의 생각이고, 이유였었다. 그것을 알고 나서부터는 한결 맘이 편해졌다. 아이들을 대하는 마음도 편해지고, 회사에서 일할 때 맘 편하게 일할 수 있었다. 이렇게 글을 쓸 수 있는 것도 감사한 일이다. 누구보다 자신을 알아보고 여러 가지 이유를 만들어서 못 하게 할 이유가 없다. 그저 내가 하고 싶은 일이라면 시작해야 한다. 아직 그 과정에서 노력 중이다. 나의 점수를 매긴다면 예전에는 최저 점수를 줬었다. 그 점수가 당연하다고 생각했었다. 그냥 최고점을 줘도 되는 건데 말이다. 단지 점수 하나인데 말이다. 지금은 누구보다 나를 사랑하고 아끼려고 노력하고 있다.

05

윤석재

나를 가로막았었던 세 가지 감정들

나를 가로막았었던 감정들이 있습니다.

첫 번째 감정은 "겸손"이었습니다.
겸손이라는 감정은 성공 이야기에서 빠지지 않는 소재인 것 같습니다.
성공의 첫 번째 덕목은 "겸손"이라고, 성공할수록 겸손한 마음을 잊으면 안 된다며 겸손한 사람들만이 성공할 수 있다고 합니다. 승승장구하는 방송인들만 봐도 "겸손"의 덕목을 중요시 합니다. 모두 이유가 있을 것입니다.

하지만 지나치게 계속되는 겸손은 독이 될 수도 있고 어떤 상황에서도 바람직한 감정은 아닌 것 같습니다. 성공 이야기에서 말하는 겸손함은 건강한 겸손이며 겸손이 지나친다면 자신에게도 안 좋은 영향을 미치는 것 같습니다.
예를 들면 자신이 한참 공을 들여서 해낸 일도 자신을 과소평가하고, 자신이 할 수 있는 것을 언제나 의심하게 됩니다. 이게 인간관계에서도 문제가 될 수 있겠다는 생각도 들고 자신의 의견을 억제하는 게 습관이 될 수도 있겠다는 생각도 듭니다. 나보다 다른 사람들의 의견에 더 집중하게 되고 내 의견이 잘 못됐다고 생각하게 됩니다.
다른 사람들보다 더 적극적으로 자신의 의견을 내놓지 않게 됩니다.
어디 가서 이야기하다가도 내가 잘하는 것에 관해서 이야기하면 너무 설치는 것은 아닌지 자신의 능력에 대한 달성한 성과에 대한 칭찬도 손사래 치며 항상 부족하다며 스스로 인정을 못 합니다.
가진 것에 행복할 줄 알아야 하는데 항상 부족하다고 생각이 들며 그렇게 겸손도 너무 지나치다 보니 자기 자신을 낮추게 되는 결과를 가져오지 않을까 생각이 됩니다.
동방예의지국인 우리나라에서는 겸손이 미덕이니 남들 앞에서는 혹시 작은 오해라도 사게 되어 비호감으로 보이고 싶지 않아서 "항상 겸손해야 한다."라는 생각하고 있었던 것 같습니다.

이렇게 굳이 안 해도 되는 말로 자신을 스스로 아래로 낮추거나 해서 작게 보일 필요는 없습니다.
자기의 감정보다 남의 감정을 우선시하고 자신의 감정은 돌보지 못했던 것 같다는 생각도 듭니다.
따라서, 겸손함은 건강하게 유지하면서도 자신의 능력과 성과를 인정하고, 자신의 감정에 대해서도 적극적으로 대처하는 것이 중요하지 않을까 생각됩니다. 자기 자신을 소중히 여기고, 자신의 장단점을 분명히 인식하며, 다른 사람들과 소통하면서 자신을 표현하는 방법을 배워나가는 것이 좋지 않을까 생각됩니다.

두 번째 감정은 일을 시작할 때 느끼는 "두려움"입니다.
나는 하고 싶은 일들이 많다 보니 우선순위를 정하지 못할 때가 있습니다. 어떤 일부터 시작해야 할지 몰라서 끝내 시작하지 못하는 때도 있었습니다. 남들을 의식하고 완벽하게 해내지 못할 거라는 생각이 들면 시작 자체가 어려웠습니다. 미루고 미루다가 결국 아무것도 하지 못하는 경우도 종종 있었습니다.

그래서, 기준을 대폭 낮추고 목표를 잘게 쪼개서 계획을 세우는 연습을 했습니다. 점차 두려움에서 어느 정도 벗어날 수 있었고 용기를 가질 수 있었습니다.
2023년도 역시 목표를 잘게 쪼개서 차근차근 지켜나가고 있습니다.

세 번째는 "낯가림"입니다.
그룹으로 만날 때는 괜찮으나, 개인적인 만남은 가능하면 피하고 싶을 만큼 부담스럽습니다. 얼굴이 붉어지고 식은땀이 나고 긴장감에 목이 탑니다. 그만큼 낯가림이 있었습니다.
낯가림이 심하면 사람들 사이의 소통과 교류가 제한되고, 친밀한 인간관계를 형성하는데 어려움을 줄 수 있습니다. 상대방에게 일대일 개인 만남을 꺼리는 반응을 보이면 본인을 그다지 좋아하지 않는 것으로 오해받을 수도 있습니다. 낯가림이 있지만, 상대가 오해하지 않도록 벗어나려고 노력하다 보니 아이러니하게도 낯가림 많은 내 모습과 다른 모습을 보이게 되었습니다. 처음에는 낯가림을 벗어나려 취미로 한 운동이 연결되어 퇴근 후 저녁에는 스피닝 강사로도 활동하고 있습니다. 회원들이 재미있게 수업받을 수 있도록 친근하게 다가가는 것이 강사에게 중요합니다. 그렇게 또 나와 다른 나를 만나게 되었습니다.

강사 일을 하며 스스로 극복을 하려고 노력을 하면서 느낀 점입니다.
회원님들에게 굳이 살갑게 먼저 다가가야 한다는 부담을 느끼지 않아도 됩니다.
맡은 바 사명 안에서 최선을 다하는 모습으로 회원들에게 진심을 보인다면 먼저 알아서 다가옵니다.
일단 회원들이 운동에 대해 궁금한 점을 가지고 문의를 하면 먼저 공감을 해주고 문제 해결을 해 준다면 자연스레 저절로 소통하게 됩니다.
굳이 낯가림으로 인해서 불편해하지 않아도 된다고 이야기해주고 싶습니다.
낯가림을 극복하는 방법에 대해 사람들 대부분은 먼저 살가운 말을 건넬 수 있어야 한다고 생각합니다. 그래야 인간관계가 좋아질 수 있다고 생각합니다. 하지만, 진심으로 상대방의 이야기를 잘 들어주면 자연적으로 해결되는 것을, 나는 그동안 어렵게 생각했습니다. 사람은 누구나 자기 이야기를 잘 들어주고 공감해 주길 바라고 있습니다.

나를 가로막았던 세 가지 감정은 내가 가졌던 감정이기도 하지만, 사실 정도의 차이가 있겠지만 많은 독자들이 느끼는 감정일 수도 있다고 생각했습니다. 그래서 작은 도움이라도 되면 좋겠다는 마음으로 글을 썼습니다.

06

최서연

책 먹는 여자입니다

〈책먹는여자〉라는 브랜딩으로 활동하고 있다. 네이버 도서영상크리에이터 인플루언서, 작가, 책을 소개하는 유튜버, 에세이 쓰기 수업, 독서모임 진행까지 책과 관련된 콘텐츠를 생산하는 사람이다.

"뭐를 먹는다고요?"

최서연이라는 이름보다 책먹는여자로 기억해 주기를 바라는 마음이 컸다. "안녕하세요. 책먹는여자입니다. 오늘도 저와 책 맛있게 먹을 준비되셨나요?"라고 인사를 하며 영상을 찍었다. 모임에서 자기소개를 하는 시간이면 사람들은 나를 보며 피식 웃었다. 책 먹는 여우는 들어봤어도, 여자는 처음이라면서 먹을 것이 없어서 책까지 먹느냐며 먹어보라고 짓궂은 장난을 하는 사람도 있었다. 상관없었다. 강력하지 않아도 흥미를 일으

키면서 가랑비처럼 스며들어 그들에게 흔적처럼 남고 싶었기 때문이다.

2018년《책 먹는 여자》라는 제목의 에세이부터 썼다. 모든 SNS의 이름은 책먹는여자로 사용했다. 시간이 지나면서 사람들은 "어머. 책먹는여자 잘 지으셨네요. 입에 착착 붙어요. 그런데 왜 책 먹는 여자예요?"라고 묻는다. 그 질문이 나오기를 기다렸다는 듯이 나는 스토리텔링을 한다. 2014년부터 책을 읽었다. 삶의 목적이 있었던 것은 아니다. 킬링 타임용으로 남들이 권하는 책을 읽기 일쑤였다. 읽기는 했어도 변화는 없었다. 안 읽는 게 낫지 않을까 싶을 정도로 독서에 회의적으로 변했다. '왜 나는 읽고만 있지?' 어느 날 의문이 들었다. 변하고 싶었다. 다른 삶을 경험해보고 싶었다. 이왕 읽는 거 제대로 해보자 싶어서 독서법부터 공부했다. 독서와 관련된 책을 계속 읽으면서 작가가 추천하는 방법을 실천해 봤다. 메모도 하고 줄도 그었다. 눈으로만 봤던 독서를 넘어 손을 활용했다.

책을 읽는 것으로 끝내지 않고, 한 개라도 실천해야겠다고 마음먹었다. 이렇게 만든 것이 리액션(Read + Action) 독서법이다.

자기 계발서를 읽으면 '나도 이 정도 말은 하겠다' 라는 생각이 들 때가 있다. 그러나 아는 것을 실행하는 사람은 얼마 안 된다. 시간이 지나도 여전히 자기 계발서가 팔리는 이유다. 핵심은 지행격차를 줄이는 거다. 책먹는여자는 책을 읽는 것에 그치지 않고 먹는다는 적극적인 행동으로 실천까지 하겠다는 의지를 담은 브랜딩이 됐다. 일하면서 어려웠던 점이 바로 브랜딩을 만들어가는 것이다. 돌이켜보면 나를 믿고 버티기만 해도 해결될 일이기도 했다. 대부분 남의 반응에 지레 겁먹고 소심해져서 포기하는 경우가 많기 때문이다. 책먹는여자 브랜딩을 비웃었던 사람들의 반응에 속상해서 사용하지 않았다면, 지금의 나는 만들어지지 않았을 것이다.

책과 삶이 별거 중인가? 지금부터 딱 한 개만이라도 삶에 적용하고 실천해 보는 것만으로도 도서 크리에이터의 첫걸음을 뗀 것이다. 책으로 새로운 생명을 선물 받은 나는 책만 읽어도 돈을 버는 삶을 살고 있기에 이제 책과 분리된 삶을 상상할 수는 없다. 책을 읽고 싶은데 습관이 안 된 사람들은 읽어야 하는 것을 알지만 시간을 내기란 어렵기만 할 것이다. 남는 시간에 책을 읽으려고 하면 계속 뒤로 밀린다. 생존 조건인 공기를 마시

듯, 살기 위해 책을 읽는다. 소중한 것부터 먼저 하라는 말처럼 말이다. 처음 독서 습관을 만들 때는 하루 한 페이지 읽기부터 시작해 보는 것도 괜찮다.

책을 읽는 습관이 몸에 익고 나니 다음 단계에서 막혔다. 바로 글쓰기다. 읽다 보니 쏟아내고 싶었다. "나도 이 정도 글은 써 볼 수 있을 것 같은데?" 자만심도 있었고, 나처럼 책을 읽다가 변화된 삶을 책에 적은 작가들이 부럽기도 했다. 그렇게 시작된 글쓰기 덕분에 열 권 이상의 책을 썼지만 쓸수록 겸손해진다. 멋모르고 썼던 글을 다시 읽다 보면 미숙했던 나를 만나게 된다. 읽고 쓰는 삶 덕분에 매일 한 걸음씩 앞으로 나갈 수 있다. 쉽지 않은 작업이다. 안 해도 당장 큰일이 일어나는 것이 아니라서 티도 안 난다. 지금처럼 책을 쓰지 않을 때면 SNS에라도 내 생각을 정리해서 글을 써보려고 노력한다. 생산자의 사이클을 멈추지 않으려고 스스로 훈련하고 있다.

도서 인플루언서로 활동하다 보니 내가 읽어 보고 좋은 책은 빨리 소개해주고 싶은 오지랖이 발동한다. 그러자면 블로그, 인스타그램, 유튜브 등 다양한 채널에 콘텐츠를 올려야 한다.

누가 시킨 일이 아니기에 스스로 기한을 정하고 작업을 마무리 하지 않으면 결과물을 낼 수 없다. 작업을 끝낸 후에도 그 내용이 필요한 사람들에게 알려줘야 하므로 내가 먼저 열정적으로 활동해야 한다. 대부분 이 작업이 몸에 익지 않아서 시작해서 몇 번 해보고 포기하는 사람도 많다. 나부터 솔선수범하려고 노력한다. 누구나 책으로 생산자가 되는 삶을 살도록 돕기 위한 역할을 잊지 않고 활동하려고 한다.

혼자 읽던 책을 함께 읽다 보니 독서모임 리더가 됐다. 나처럼 독서모임을 운영하고 싶다는 사람들에게 리더 과정까지 수업하고 있다. 주변에서는 "독서모임이 돈이 돼요?"라고 묻는 분도 있고, "독서모임 해서 돈 벌려고요."라면서 수업을 신청하는 분도 있다. 책 한 권으로 모임을 꾸리지만 각자의 삶을 나누는 시간을 통해 나는 삶을 배운다. 그것만으로도 돈을 번 것이다. 돈이 안 된다고 생각하는 사람들에게 굳이 돈이 되는 방법을 알려주고 싶지 않다. 그들은 이미 안 된다고 생각하고 있기 때문이다. 언제나 그렇듯 내가 좋아하는 것을 하면서 사람을 돕다 보면 자연스럽게 돈이 따라온다.

책을 읽기만 했던 사람이 실천하는 삶을 살면서 '책먹는여자'라는 브랜딩을 얻게 됐다. 읽고 쓰는 삶, 책 한 권으로 다양한 콘텐츠를 만들어 내는 생산자가 됐다. 나를 가로막았던 벽은 그 일을 해본 적도 없는 주변 사람들에게 인정받고자 하는 어리석음, 나를 믿지 못한 미숙함이었다. 마음의 소리에 귀 기울이고 벽을 허물며 오늘도 앞으로 걸어간다.

책 추천

그대 스스로를 고용하라(구본형, 김영사, 2005년)
돌파력(라이언 홀리데이, 심플라이프, 2017년)

07

한명욱

나를 이겨내는 순간

가끔 지나가는 사람들을 붙잡고 물어보고 싶다. "어떤 일 하세요? 지금 하시는 일은 적성에 맞으세요?" 월요병이라는 말이 생긴 것처럼, 일요일 저녁이면 휴일의 끝자락이 아쉽고 아침이 오는 것이 두렵다. 퇴근 시간이 즐겁고, 쉬는 날은 더 좋다. 최근 경제적 자유를 꿈꾼다는 사람들이 늘었다. MZ 세대는 40대에 은퇴하여 원하는 삶을 살고 싶다는 말을 한다. 40대 은퇴! 은퇴만 하면 원하는 삶을 살 수 있는 걸까?

30대를 시작하면서 4년을 육아로 보냈다. '일할래? 아이 볼래?' 라고 누가 질문해 주기를 바랐다. 아이들이 유별나서도 아니고, 억지로 일을 그만둬서도 아니다. 육아를 선택했음에도 일이 없다는 사실이 꼭 내가 없어진 것 같았다. 스스로 무가치하게 느껴졌다. 집에서 살림하고 육아하는 것이 어려웠다. 자존감은 점점 더 떨어졌다. 아이 눈 맞추고 놀아줄 시간이 짧다는 것을, 아이 넷을 키우고야 깨달았다. 그때는 도와줄 사람이 없다며 환경 탓을 했다. 내 아이를 내가 키우는 것인데 말이다. 사관학교 4년 동안 무상교육을 받기에 6년을 의무로 근무해야만 했다. 그때는 3교대 근무였기 때문에 아이를 억지로 떼놓을 수밖에 없었다. 시어머니는 홀로 갓난아기를 돌보느라 힘드셨고, 나는 7일 내내 이어지는 초번(저녁근무)과 밤번(야간근무)을 하면서 쉬는 날, 한 달에 두어 번밖에 아이를 보지 못하는 것이 힘들었다. 5년 차에 기회가 닿아 친정 근처로 임지를 옮겼다. 시어머님 혼자보다는 친정 부모님 두 분이 아이를 봐주면 낫지 않을까 친정으로 들어갔는데, 남편이 불편해했다. 자라온 환경이 다르니 서로 힘들었다. 시집살이는 해도 처가살이는 안 한다는 경상도 남자였다. 거기에 부인이 3교대라 저녁과 밤에 집에 없으니 오죽했을까. 내 아이인데, 도움이 없으면 키울 수 없는 환경에 남편 눈치, 부모님 눈치 사이에서 결국 의무 6년을 끝으로 육아를 선택했다.

전역 후 전업주부 4년, 짧다면 짧고 길다면 긴 육아에 드디어

종지부를 찍었다. 아니 일과 육아를 병행하는 워킹맘이 되었다. 유치원생과 초등 2학년 아이를 8시 전 병설 유치원에 들여보내고, 시속 100 이상으로 밟으며 출근하는 하루가 시작되었다. 아침마다 소리 지르기의 연속이었다. 조금만 일찍 재우면 되는데, 일찍 못 일어나는 아이 탓을 했다. 그렇게 출근하고 나면 울던 아이의 얼굴이 떠오르고, 아침을 못 먹였다는 죄책감에 시달렸다. 혼자 아이들을 챙기며 출근하는 워킹맘의 어려움을 뼈저리게 느끼는 순간이었다. 현재는 친정 부모님이 가게를 정리하고 곁으로 오셨다. 아이가 넷이 되고 보니 나름 달인이 되었는데, 그래도 바쁜 아침을 덜어주는 부모님의 손길에 감사하다. 모든 워킹맘에게 뜨거운 응원을 보낸다.

사실 바쁘고 힘들기는 했다. 그러나 일을 원했기에 그 바쁨조차 또 다른 기쁨이다. 어떤 순간에도 일을 놓지 않으리라 생각한다. 그러나 어려운 순간이 있다. 싫은 소리를 해야 할 때가 참 어렵다. 착한 아이 콤플렉스가 있나 생각이 들 정도로, 누군가의 마음을 건드리는 순간이 가장 어렵다. 내 생각과 감정은 내 것이기에 얼마든지 조절하고 다독이면 된다. 그런데 다른 이의 감정은 그의 것임에도, 상대가 상처를 받으면 내 상처가 된다. 업무 협조나 갈등을 해결할 때 조심스럽다.
그리고 새로운 환경에 적응을 잘하지만, 새로운 사람에게 적응하는 것은 어렵다. 2년마다 이동하며 새 임지에 적응은 할 만했지만, 새로운 상급자와 근무하면서 초반에 긴장을 많이 했다. 보건교사를 하면서도 많은 관리자를 만난다. 관리자에 따라 학교 분위기가 꽤 다르다. 나이가 들수록 나아지고 있지만, 여전히 긴장하는 나를 보면 슬며시 웃음이 난다. 그저 '수고했다.' 라고 스스로 한 마디 건네며 어려움을 툭툭 털어내려고 노력 중이다.

'당신 방이 당신 자신이다.' 《청소력》의 한 구절을 읽고 나니 가슴이 찔렸다. 급하게 일 나가느라 여기저기 밀쳐놓은 이불더미, 아침에 먹은 그대로 쌓여 있는 그릇들, 여섯 식구가 벗어 놓은 빨래, 화장실 곳곳의 머리카락, 읽다 만 책들이 시야에 들어온다. 절로 한숨이 나온다. 밥 먹고 빨래 돌리기가 무섭게 신청해 둔 강의 시간이 코 앞이다. '또 욕심냈구나.' 생각하면서도 어느새 의자에 앉는다. 남겨진 숙제가 산더미임을 알면서 밤마다 또 어떤 강의를 들을까 기웃거린다.
아이가 아픈데 퇴근할 수 없어 동동거렸던 때가 있었다. 쌓여 있는 집안일을 같이 하지 않는 남편에게 화를 내기도 했었다.

미리 준비물을 챙겨주지 않고 괜히 아이 탓만 했다. 정해진 시간에 주어진 많은 역할을 소화하려다 억울했던 순간들이 지나간다. 직장에서는 완벽하게 일을 하려다 허덕였다.

사실 가장 어려웠던 순간은 하지 못할 것이라는 부정적인 감정이 올라올 때였다. 나를 믿지 못하는 마음이었다. 자존감이 떨어지고, 결국 나 때문임을 인정하는 것이 어려워 누군가를 탓했다. 다시 무언가를 시작할 용기를 내는 게 두려워 스스로 채찍질하며 지금도 이겨내는 중이다. 매일 아침 눈을 뜨면 일어나기 싫다. 일이 너무 좋은데 일어나기 싫은 마음이 무엇 때문인지 살핀다. 바쁘다는 말을 하지 않기 위해 시간 관리 방법을 배웠다. 때론 미리 계획하고 피드백하는 것이 귀찮을 때가 있다. 그래서 다른 이들에게 강의한다. 혼자라면 귀찮지만, '함께' 라는 힘으로 또 한 걸음 나갈 수 있다.

어렵다. 어렵다고 생각하면 어렵다. 생각을 바꾼다. 행복하다. 즐겁다. 그리고 결국 잘 끝내고 얻는 성취감에 취해본다. 작은 성취감을 반복해서 느끼면서 자존감이 커지니 조금씩 내 마음이 단단해진다. 그렇게 지금도 이겨내는 중이다.

08

한수진

이제는 과거를 놓아주려 한다

2011년 첫 아이 육아휴직을 마치고 복직했을 때 둘째를 임신한 상태였다. 집에서 50km 정도 떨어진 보은사업소로 발령이 났다. 하루에 왕복 100km씩 운전을 해야 했다. 당시 나는 운전을 거의 하지 않아 서툴렀다. 더구나 장거리에 고속도로 운전은 해본 적이 없었다. 임산부에게 가혹하다는 생각이 들었다. 그래도 어찌어찌 5개월쯤 출퇴근을 했다.

만 7개월이 되었을 때 갑자기 배가 1분 간격으로 심하게 수축되어서 새벽에 산부인과에 갔다. 상태를 체크하기 위해 배에 기기를 연결했는데 첫째 아이 출산 직전처럼 그래프가 최고치를 찍었다. 이대로 있다가는 양막이 터져 조산할 수 있다고 의사가 말했다. 곧바로 입원을 하게 되었다. 의사가 자궁 수축을 막는 '라보파' 라는 링거 주사를 놓아주며, 2~3일 정도 주사 맞으며 쉬면 괜찮아질 거라고 했다. 의사의 말대로 증상이 조금씩 호전되어서 주사액 투여 속도를 점차 늦추었다. 하루 더 지켜보고 괜찮으면 내일은 집에 갈 수 있다고 했다. 그런데 다시 수축이 시작되었다. 주사액 투여 속도를 다시 최대로 올렸다. 그 후로도 이런 과정이 여러 차례 반복되었다. 결국 좁고 답답한 1인실에 두 달 동안 있게 되었다. 밥 먹고, 화장실 갈 때를 제외하고는 계속 누워있어야 했다. 산만한 배를 지탱하며 누워있자니 허리가 많이 아팠다. 병원 침대는 좁고 딱딱해서 더 힘들었다. 반대 방향으로 돌아눕는 것도 몸이 무거우니 쉽지 않았다. 소화가 안 돼서 먹고 싶지 않았지만, 아기를 생각해서 조금이라도 먹으려고 했다. 화장실에 갈 때마다 주사액이 걸린 바퀴 달린 걸이를 밀고 다녀야 했고, 주사를 꽂지 않은 한 손으로 겨우 세안만 할 수 있을 뿐 혼자서 머리도 감을 수가 없었다. 허리를 구부리면 또 배가 돌처럼 딱딱해졌다.

남편이 저녁마다 와서 환자복을 갈아입혀 주고, 주말에는 씻겨주었다. 2~3일마다 주삿바늘을 다시 꽂아야 했다. 퇴원할 무렵에는 혈관염이 생겨서 주사 맞은 부위가 붓고 심하게 간지러워서 잠을 이루지 못할 정도였다. 얼음팩으로 찜질을 했고, 더는 주사를 놓을 곳이 없어 다음에는 이마에 놓아야 할 것 같다는 간호사의 말을 듣고 공포를 느꼈다.

그런데 병원에 있던 두 달 동안 가장 힘들었던 건 그런 게 아니었다. 그전까지 매일 함께 있던 첫째 아이와 떨어져 지내야 했던 거였다. 어린이집을 마치면 친정어머니가 아이를 돌봐주셨고, 저녁에는 남편이 아이를 데리고 병원에 매일 들렀다. 그런데 아이는 병원복을 입고 누워 있는 엄마를 낯설어했다. 더 이상 엄마가 돌봐주지 못한다는 사실에 불안했을 것이다. 입원하고 처음 만났을 때부터 엄마에게 잘 오지 않고 아빠 손만 꼭 잡고 있었다. 매일 안아주고, 먹이고, 씻기고, 함께 자던 아이가 너무 보고 싶었다. 저녁에 잠깐 남편과 아이가 오고, 친정, 시댁 식구들이 가끔 찾아왔지만 대부분 시간을 혼자 지내야 했다. 아이 사진과 영상을 보고 또 보았다.

또 한 가지, 당장이라도 조산할 수 있다는 사실이 늘 나를 괴롭혔다. 조산에 대해 검색했다. 손바닥만 한 아기 이야기도 나오고, 태어나자마자 인큐베이터에 들어간 아기, 몇 차례 수술을 받은 아기와 그걸 지켜보며 힘들어하는 엄마 이야기를 보며 불안하고 힘든 시간을 보냈다. 다행히 둘째는 10개월을 다 채우고 나왔다. 가족들과 돌잔치를 하던 날, 인사말을 하는데 입원해 있던 시간이 떠올라 목이 잠겨 말을 잇지 못했다.

2014년, 셋째 아기를 가졌다. 다섯 살 첫째가 태명을 지어주었다. 콩이. 드디어 7주가 되어 콩이 심장 소리를 들으러 가는 날이 되었다. 회사에서 조퇴하고 남편과 병원에 갔다. 초음파로 검사를 하는데 의사가 말을 멈추고, 기기를 이쪽저쪽으로 움직였다. 뭔가 이상하다는 걸 직감했다. '아니야, 절대 그럴 리 없어.' 몇 초간 누구도 아무 말도 하지 못했다.
"죄송합니다…"
다음 날로 수술을 예약하고 차에 타서 남편과 나는 함께 울었다. 자책감이 컸다. 회사에 대한 원망도 컸다. 지출 업무를 맡고 있었는데, 마감을 맞추려면 화장실에 갈 틈조차 없을 때가 많았다. 견딜 수가 없어서 누구라도 무엇이라도 잡고 우리 아기 살려놓으라고 하고 싶었다.

2018년 2월, 아버지 칠순 기념으로 친정 식구들과 오키나와 여행을 하던 중이었다. 남편에게 직원이 카톡을 보냈다. 정기 인사 시즌이었는데 남편이 제천으로 발령이 났다는 소식이었다. 남편과 나는 동시에 한숨을 쉬었다. 제천은 청주에서 두 시간

거리이다. 출퇴근하기엔 너무 멀었다. 아이 셋이 서로 다른 곳에 다니고 있을 때였다. 첫째는 초등학교, 둘째는 집 근처 어린이집, 두 돌도 안 된 막내는 영유아 어린이집. 아침에 혼자 아이들을 챙겨 보내고 출근할 생각을 하니 앞이 막막했다. 부모님을 포함해 가족들이 모두 걱정했다.
아침마다 잠에서 깨어나기 힘든 아이들을 달래다 혼내다 어느 날은 너무 늦어 매까지 들었다. 졸려서 못 일어난 것뿐인데 혼나고 매를 맞은 아이들이 얼마나 두려웠을까. 죄책감과 함께 대체 무엇을 위해 일을 하는 건지 회의감이 들었다. 우리 가족에게 암흑과도 같은 시기였다.

2010년에 5급으로 근속 승진을 한 후로는 육아휴직으로 승진이 계속해서 밀렸다. 규정상 휴직자는 승진 대상에서 제외되었고, 복직 후에도 그 시즌에는 좋은 점수를 받기 힘들었다. 회사 입장에서야 휴직한 직원보다 만기 근무한 직원에게 점수를 더 주고 싶겠지만, 임신, 출산을 감당해야 하는 여성들에게는 전혀 당연한 일이 아니라고 느껴졌다. 입사할 때나 근무 경력을 산정할 때 남성들의 군 경력을 가산해 주지 않는가. 일을 잘한다는 말을 여러 번 들었고, 인사 시즌이면 나를 자신의 부서로 배치해 달라고 임원들에게 요청하는 사람들도 있었다. 창립 멤버이고, 여직원 중 경력이 제일 많았던 내가 이런 상황이었으니, 이후 후배 여직원들에 대한 처우가 어떨지 짐작이 되었다. 그렇지만 전체 직원 중 여직원은 비율이 10%를 조금 넘고, 나이도 20~30대였기에 약자의 입장일 수밖에 없었다.
공기업은 안정적이어서 정년까지 근무하는 걸 당연한 일로 생각했었다. 그런데 이 밖에도 많은 일들을 겪다 보니 엄마라는 역할과 직원이라는 역할을 함께 해낸다는 것이 날이 갈수록 힘겹게 느껴졌다. 시간이 지나면 나아질 거라는 기대감도 어느 순간 사라졌다. 1년 휴직을 신청하고 생각할 시간을 가졌다. 휴직이 끝나갈 때쯤 남편과 상의했고, 2021년 1월 1일 퇴사했다.

그 무렵에는 직장에 대해 원망이 많았다. 그렇지만 돌아보니 그 시기를 통해 내면이 단단해지고 성숙해졌다. 삶이 좋은 일만 일어나지 않고 굴곡이 있다는 것도 배웠고, 보상업무로 다양한 사람들을 만나며 공감과 소통 능력도 키울 수 있었다. 어린아이를 키우며 직장에 다니는 엄마들의 고충도 알게 되었고, 기업의 자금 흐름이나, 기업 운영 시 해결해야 할 여러 가지 문제에 대해서도 알게 되었다. 15년이라는 긴 세월이 의미 없이 흘러간 게 아니었다.

힘든 일을 겪고 싶은 사람이 어디 있겠는가. 하지만 인생에 그림자도 함께 주어진다는 걸 어쩌겠는가. 그저 원망만 한다고 삶이 나아지지는 않았다. 앞으로도 살다 보면 또 힘든 날 있을 것이다. 그때 또 원망하는 마음 생길 수 있겠지만, 조금이라도 빨리 털어버리려 한다. 과거를 놓아주어야 앞으로 나아갈 수 있을 테니까.

03

내가 만난 최고의 순간

01

강은숙

쌤~ 사랑해요!

유아교육과 졸업 후 아이들이 다니던 미술학원 원장이 같이 일하길 원했다. 원장은 갑작스러운 내 사정도 알고 있었던 터라 도움을 주고 싶어 했다. 초등학교 1학년인 큰아이가 집에 돌아올 시간에 퇴근하는 조건으로 일을 시작했다. 미술학원에서 5~7세 유치부를 담당했다. 졸업하고 처음 아이들을 가르치는 일은 녹록하지 않았다. 경력도 없고 선배 교사도 없이 혼자 담당하기에 어려움이 많았다. 요즘처럼 인터넷이 발달되지 않아 수업 자료 찾기도 어려웠다. 초임 교사를 알아보는지 아이들은 말을 듣지 않고 수업 시간에 목소리는 점점 커져만 갔다. 결국, 성대 결절까지 오고 목소리가 나오지 않았다. 원장에게 그만둔다고 세 번이나 이야기했다. 그때마다 원장은 나를 설득했다. '선생님 이 일은 서울대 나와도 이대 나와도 다 힘들어요. 처음이라 그래요. 시간 지나면 선생님은 이 일이 천직이 될 것 같아요' 라는 말을 해주었다. 힘들었지만 그만두지 못하고 계속 다녔다. 그러던 중 미술학원이 폐원했다. 원장은 미안하다는 말과 함께 50만 원을 손에 쥐여주었다. 지금 생각하면 붙잡아준 원장 덕분에 지금의 내가 있다.

현재는 원했던 국공립어린이집에 근무하고 있다. 일하면서 부족한 나의 모습이 보였다. 아이들의 문제행동, 학부모와 관계, 근무하면서 겪는 동료 교사들의 고민 등을 해결해 주고 싶었다. 현장경험과 접목하여 전문적인 이론을 배우기 위해 가톨릭대학원에 등록했다. 퇴근 후 매주 2~3일을 신도림에서 역곡역까지 다녔다. 몸은 힘들었지만 배움은 즐거웠다. 유치원 원장, 어린이집 원장, 교사, 육아종합지원센터 직원 등 같은 업무를 하는 동기들과 이론을 바탕으로 현장에 있었던 일을 이야기 나누는 수업은 재미있었다. 일과 병행하며 밤새 많은 과제를 준비했다. 준비할 때는 피곤하고 힘들었으나 과제를 하나하나 해결할 때마다 얻는 것들이 많았다. 이해하지 못했던 아이의 문제행동에 고개가 끄덕여졌다. 아이를 바라보는 시선도 달라졌다. '그럴 수도 있겠구나' 라고 바라보니 스트레스도 덜 받고 일이 한결 가벼웠다. 새롭게 배운 것을 적용하며 아이의 문제행동이 좋아질 때 보람을 느꼈다.

2015년 1월 인천의 A 어린이집에서 김치를 안 먹는다고 교사가 아이를 때린 사건이 발생하였다. 언론에 보도되며 전국의 학부모가 분노했고 어린이집에 대한 불신이 고조되었다. 이 사건을 계기로 어린이집에 CCTV를 의무적으로 설치하는 계기가 되었다. 그해는 어린이집 교사라는 직업에 대한 인식이 급격하게 나빠지면서 교사들 사이에선 어린이집 교사라는 직업을 밝히지도 못하겠다고 했다. 일어나지 말아야 할 아동학대 사건들이 연이어 터지는 것을 보며 한숨이 나왔다. 한두 곳의 아동학대로 어린이집 교사에 대한 이미지가 곱지 않은 시선으로 비칠 때마다 안타까움이 컸다. 아이들을 진심으로 사랑하며 열악한 환경에서도 열심히 근무하는 교사들이 더 많다고 언론에 이야기하고 싶었다.

이듬해 스승의 날 아침. 평소와 같이 아이들을 등원 맞이했다. 우리 반 지유가 등원했다. 부모와 헤어지고 난 후 교실로 들어가는 아이 등에 '사' 라는 글자가 붙어있었다. 등에 붙은 글자를 보고 집에서 스티커 놀이를 하며 놀아줬다고 생각했다. 그리고 잠시 후 연서가 등원했다. 연서 등에도 '쌤' 이란 글자와 색종이로 접은 카네이션이 붙어있었다. 이헌이가 등원했다. 이헌이 역시 등에 '랑' 이란 글자와 하트가 그려 있었다. 우리 반 아이들 모두가 등원했다. '쌤, 사랑해요!' 라고 문장이 완성됐다. 아차 싶었다. 우리 반 부모들은 신입 원아 적응 프로그램에 함께 참여면서 친하게 지내고 있음을 알고 있었다. 스승의 날을 맞이해 이벤트를 준비한 것이다. 아이마다 글자를 꾸며 등에 붙이고 등원해 감사의 마음을 전했다. 감탄사만 연발했다. 동료 교사들도 아이들을 보며 소리를 질렀다. 반 전체 학부모들이 아이들을 통해 감사의 마음을 표현한 글자는 그야말로 감동이었다. 25년 경력의 원장도 이런 이벤트는 처음 본단다. 어떤 것보다 값진 선물이었다. 한 분 한 분 마음을 담아 함께한 감사의 마음, 어떻게 화답할 수 있을까. 아이들을 더 사랑으로 돌보는 것뿐이었다. 아동학대로 전국은 시끄러운데 학부모의 신뢰를 얻으며 행복하게 근무하고 있는 어린이집도 있다고 자랑하고 싶었다.

퇴근 후 JTBC 제보란에 '이런 어린이집도 있어요' 라고 오전에 있었던 일을 제보하려 글을 썼다. 마지막 제출 버튼을 누르려는데 신상 명세를 적는 곳이 있었다. 순간 멈칫했다. 언론 제보는 처음이라 그런지 떨렸다. 제출 버튼을 누르지 못했다. 제보하지 못한 아쉬움이 아직도 남아있다. 이제라도 글로 쓸 수 있어 기쁘다. 그때 학부모들은 아이들과 함께 퇴소 후에도 잊지 않고 스승의 날에 찾아왔다. 입소할 땐 걷지도 못했던 아이들이었는데 훌쩍 커서 왔다. 반가움에 청소기를 돌리다 말고 아이 이름을 부르며 뛰어나갔다. 아이들 어릴 때 모습을 이야기하며 웃기도 하고 그동안의 안부를 물었다. 더 잘해주지 못한 아쉬움과 잘 크길 바라는 마음을 전하며 헤어졌다. 돌아서는 모습을 뒤로하고 현관문을 닫으며 입꼬리가 올라갔다. 교실 청소기를 돌리며 노래가 절로 나왔다.

매년 신학기가 되면 올해는 어떤 아이를 만날지 기대가 된다. 아이가 순하면 무탈한 한 해를 보내고 아이의 문제행동이 있으면 힘든 한 해를 보낼 때도 있다. 무탈한 한 해는 학부모와 아이에게 감사한 마음으로 지낸다. 아이가 문제행동이 있을 때는 내 도움이 필요해서 만난 귀한 인연으로 생각한다. 아이의 행동이 나의 손길로 조금씩 좋아지며 성장하는 모습을 보면 기쁨을 뭐라 표현할 수 있을까. 다양한 경험 통해 나 또한 성장의 시간이 되어 감사하다. 힘들었던 만큼 학부모와 끈끈한 관계도 쌓인다. 학기를 마무리하며 건네는 감사의 편지는 힘들던 마음이 눈 녹듯이 사라진다. 처음 미술학원에 다닐 때이 일을 그만두었다면 지금의 나는 무엇을 하고 있을까. 힘들었지만 버티면서 여기까지 왔다. 올해 스승의 날 아침, 해랑이가 등원했다. 리본이 목에 매달려있었다. '해랑이는 쌤 껌딱지, 선생님 사랑해요' 라는 글이 보였다. 뒤뚱뒤뚱 웃으며 걸어와 나를 보며 안긴다. 리본을 통해 전해지는 학부모의 마음, 그 순간 나는 최고다.

02

김단비

제 취미는 도서관 가는 거예요

처음 만난 친구들은 엄마 손에 이끌려 수업을 들으러 온다. 쭈뼛쭈뼛 서서 '뭘 해야 하지?' 하는 표정을 하며 엄마 손을 꼭 붙잡고 있다. 마치는 시간이 언제인지 계속 묻기도 하고, 모기 같은 목소리로 이야기를 주고받는다. 하지만 한 달이 지나면 공부방 문을 열고 외친다.

"선생님! 저 책 다 읽고 왔어요."

하며 웃으며 들어온다. 석 달이 지나면 질문에 답하려고 손을 들기 바쁘다. 그런 모습들을 관찰하고 있으면 즐겁다.

일주일에 한 번 오는 수업으로 독서가 습관이 되기 어렵다. '적은 분량이라도 매일 책을 읽을 방법은 없을까?' 싶어서 방학만 되면 도서관 미션을 준다. 도서관에 가서 엄마가 골라주는 책이 아닌 아이들이 책을 고를 수 있도록 도서관 이용 방법에 대해 수업한다. 보통 도서관에 가면 어린이 열람실이 있고 일반 열람실이 있다. 초등학교 저학년들은 어린이 열람실을 이용한다. 어느 열람실이든 십진분류법이라는 방법으로 책이 정리되어 있다. 아이들에게 십진분류법을 설명하고 십진분류법대로 1개씩 책을 찾아서 읽어오는 미션을 하면서 책을 고를 수 있게 한다.

아이들이 골라 온 책을 가지고 '청구기호법'에 대해 알려준다. 7가지로 나누어진 청구기호법을 읽는 방법을 알려준 후 십진분류법 중 한 분야를 골라 청구기호의 저자의 성과 책 제목이 다른 자음으로 선택해서 오는 미션을 또 내준다. 그렇게 도서관 미션을 몇 번 하다 보면 아이들이 엄마에게 책을 골라달라고 하지 않고 열람실을 둘러보다가 책을 고르기도 하고, 원하는 책을 검색해서 책을 찾아온다.

고학년 친구들에게는 어린이 열람실이 아닌 일반 열람실에 가서도 할 미션을 준다. 고전문학은 출판사마다 책을 찍어내기에 지금 읽고 있는 책의 다른 출판사들을 2권 가져오기 미션을 내준다. 토론할 때 각자가 가져온 책들을 서로 평가하면서 어떤 것이 재미있고 지루한지를 이야기한다.

이렇게 도서관의 질서들을 알아가다 보니 아이들이 도서관에 가는 걸 망설이지 않는다고 한다. 어떤 친구는 사서 선생님 허락받고 수레에 있는 책들을 자신이 제자리에 꽂아놓기도 했다고 한다. 사서 선생님이 친구에게 고맙다고 인사해서 기분이 좋았다고 일기를 쓰기도 했다. 또 다른 친구는 집에 있는 책들을 십진분류법을 기준으로 정리했다고 한다. 집에 있는 책을 깔끔하게 정리한 친구는 공부방 책장을 보며 말했다.
"선생님 공부방에 책을 십진분류법으로 정리해 봐요."
나도 못 하는 일들을 하는 아이들을 보면 대단하다 느낀다.

독서코칭을 하다 보면 나 혼자 아이들을 돕는다고 모두 성장시키지 못한다. 부모님들의 적극적인 응원이 있어야 아이들이 혼란 없이 성장할 수 있다. 항상 미션을 주어지기 전에 부모님과 통화를 통해 아이들 스스로 할 수 있게 도와 달라고 부탁을 드린다. 아이들이 도와달라고 요청하지 않는 한 스스로 할 수 있도록 기다림이 필요하기에 부모님도 나와 같은 생각을 가지고 아이들을 바라볼 수 있도록 노력하고 있다.
나의 직업은 독서 티칭(teaching)이 아닌 독서코칭(coaching)이다. 지식만 전달하는 티칭이 아닌 아이들이 스스로 지식을 토대로 지혜를 만드는 데 도와주는 코칭이 내가 할 일이다. 이 부분을 부모님에게 적극적으로 알렸다. 그러면 부모님들도 가정에서 독서코칭을 한다.

수업을 한 달 하고 나면 반은 수업을 포기하신다. 이유는 숙제가 많다는 점이다. 초등학교 3학년 친구의 어머님께서 수업을 포기하고 싶다고 하셨다. 직장을 다니면서 아이를 돌볼 수 없다고 숙제를 줄여달라고 문의하시기도 했다. 한 아이에게 숙제양을 맞추기에는 다른 아이들에게 피해가 있을 것으로 생각하고 정중하게 거절하였다. 아이 셋을 키우고 일을 하시는 어머님이 숙제 양을 걱정하는 어머님을 상담했다. 아이를 키우지 않는 나이기에 학부모님의 마음을 잘 모르는데 상담해 준 어머님이 감사했다. 이런 일을 안 친구가 엄마에게 말했다고 한다.

"나 숙제 열심히 할게. 계속 공부방에 가고 싶어."

그 뒤 어머니의 걱정은 사라졌다. 스스로 숙제해보려고 하는 아이에게 열심히 응원해 주었다. 다음 날 밤 8시에 전화가 왔다.

"선생님 숙제를 하는데 이렇게 하는 거 맞아요?"

처음으로 숙제를 문의한 친구와 20분의 통화를 끝낸 후 1시간 후 어머니에게서 문자가 왔다. 아이가 숙제를 물어보는데 어떻게 하는지 물었다. 친구와 통화를 해서 숙제 다 했을 거라고 알려드리니 놀라셨다. 평소에 무엇이든 엄마에게 물어서 하는 아이였는데 선생님께 전화해서 문제를 해결했다는 게 믿기지 않는다고 하셨다. 어머니에게 혼자 잘할 수 있으니 스스로 해결할 힘을 저와 같이 키워주자고 말했다.
독서코칭을 하는 친구들이 책을 읽으며 정해진 답을 찾는 게 아니라 어딘가에 있을 보물을 찾아가는 모험심으로 살아가길 바란다. 마치 돈키호테처럼 새로운 눈으로 세상을 바라보길 희망한다. 여행에서도 누구나 가는 곳을 여행하기보다 미지의 세계를 탐험하듯이 여행하는 돈키호테 같은 사람들로 성장했으면 한다. 아이들이 엉뚱한 질문을 하더라도 즐겁게 웃으며 수다도 떨고, 책에서 교훈을 찾기보다 책과 행복한 시간이 많아지기를 바란다. 아이들에게 매일 하는 잔소리처럼 하는 말이 있다. 독서를 통해 생각하는 힘을 길러서 스스로 질문하고 답을 만들어가며 나의 꿈을 찾게 되는 삶을 살기를 응원한다고. 그러다 보니 아이들이 이 잔소리를 외워버렸다.
어느 날 한 친구의 어머님이 시장에 장을 보다가 아이가 힘들어해서 집에 가기 전에 어디 가고 싶은지 물었다고 한다.
"도서관이요. 제 취미는 도서관 가는 건데 오늘 도서관에 못 갔어요."
어머님과 함께 웃으며 이 이야기로 수다를 떨었다. 대화를 듣고 있던 친구가 씩 웃어주었다.

무작정 아이들에게 책을 권하면 책을 더 멀리할 가능성이 높다. 책이 모여 있는 도서관과 친숙해지고, 책에 흥미가 생길 수 있는 환경을 만들어 주어야 한다. 엄마가 골라주는 책이 아닌 내가 읽고 싶은 책을 읽을 수 있도록 도와주고 아이들이 스스로 사고를 할 수 있도록 생각 주머니를 넓혀 주어야 한다. 이렇게 도와주는 일이 나의 직업이다.

03

김상미

맞춰진 인생 퍼즐

망설임보다 경험을 선택하면서 고통이 뒤따른 적도 있지만, 행복을 주는 순간도 많았습니다. 학습지 교사로 일했을 당시 한글도 모르는 세 살 아이가 선생님을 그렸다며 알록달록 색연필로 색칠한 그림을 선물해 주었을 때입니다. 작은 손으로 그린 저의 모습은 웃음이 날 정도로 못생겼지만 그런데도 좋았습니다. 정신없는 하루 속에서 그림 선물은 뭉클함을 넘어 제가 이 일을 하는 버팀목이 되어 주었습니다. 이후 가끔 아이들의 편지, 학부모님들의 감사의 말 표현으로 일의 보람은 점점 더 늘어나게 되었습니다. 월급만으로 만족하고 살았다면 그리 오래 일하지 못했을 것입니다. 팀장 직급으로 일하면서 새로운 사람을 만나고 헤어지며, 그들과의 헤어짐을 아쉬워하며 서로에게 서운한 점도 있었습니다. 아쉬움과 함께 얘기 나누었던 그때가 떠오릅니다. 이렇게 긴 시간 한 직장에서 일하였습니다. 회의감이 들 무렵 계열사 전환 제의를 받게 되었습니다. 생각하고 결정하는 데 주어진 시간은 고작 24시간 뿐이었습니다. 그 시간이 길다고 생각하면 길고, 짧다고 생각하면 짧았습니다. 그러나 저는 빠르게 결정하였습니다. 그렇다고 결정이 시간의 길이에 따라 바른 판단이라고 말할 수 없습니다. 결정에 따른 나의 믿음의 크기에 따라 그 결정은 바른 판단으로 이어진다는 것을 알 수 있었습니다.

이어진 저의 세 번째 직장의 이야기를 풀어보겠습니다.
회사는 본사와 전국 스물다섯 개의 본부가 존재합니다. 저는 본부 중 한 곳에서 영업전략 및 마케팅전략 기획 및 실행, 조직 내 인사관리를 담당하는 일을 하였습니다. 처음 몇 달간은 새로운 일에 적응하느냐고 시간이 빠르게 지나갔습니다. 본부를 대표하는 본부장님의 추천으로 서울에서 진행하는 오프라인 독서모임을 소개 받았습니다. 그 모임은 저에게 한 줄기 빛이었습니다. 독서모임에 참여하고 싶다는 생각은 있었지만, 선뜻 행동으로 옮기지 못한 일 중 하나였습니다. 이후 한 달에 두 번 KTX를 타고 독서모임을 다니면서 새로운 경험을 쌓아갔습니다. 모임에서 나눔을 진행했던 그분들은 일이 아닌 독서라는 매개체로 서로의 마음이 통하는 부분이 있었습니다. 코로나 이후 오프라인에서의 만남이 줄어들면서 없어지게 되어 아쉬움이 남았습니다. 일 년 뒤 본부 이동을 하게 되면서 새로운 지역으로 옮기게 되었습니다. 처음엔 함께 일하는 과장님이 저에게 이것저것 시키는 것을 보고 '저분은 왜 본인의 일을 나에게만 시킬까?' 라고 생각하였습니다. 저는 대리, 그분은 과장이었기에 따르지 않을 수가 없었습니다. 그렇게 2년이라는 시간은 흘러갔습니다. 그렇게 보내는 시간 동안 스스로 해낸 일들을 통해 전략 기획과 데이터 분석의 활용도가 매우 높아졌습니다. 과장님은 본인이 하기 귀찮아서 저에게 시킨 일이었겠지만 그 동안 저의 실력이 향상되는 계기가 되었습니다. 시간이 지나고 보니 과장님도 그 일을 할 수 있었기에 저에게 시킬 수 있었음을 알게 되었습니다. 이후 과장님에게 감사를 표현하니 이제야 본인의 깊은 뜻을 알게 되었냐면서 웃으며 얘기하셨습니다. 나에게 주어진 일이 내 일이 아니라고 생각했었습니다. 그러나 그 일을 통해 불가능하다고 생각했던 일들이 가능으로 전환되었습니다. 할 수 없다고 생각만 했다면 계속 그 자리에 있었을 것입니다. 할 수 없음에도 행동으로 옮겼기에 자신감은 점점 더 올라가게 된 계기가 되었습니다.

이동은 저에게 항상 따라다니는 것인지 또 이동하게 됩니다. 다행스럽게도 함께 계셨던 본부장님과 이동하게 되었습니다. 초반 몇 개월간은 시간이 참 빠르게 지나갔습니다. 삼 개월이 지나기 열흘 전의 일이었습니다. 이상한 소문과 함께 본부장님이 갑자기 퇴사했습니다. 순식간에 일어난 일이기에 정신이 없는 열흘간의 소동이었습니다. 잦은 이동으로 다양한 일들을 경험하는 것인가… 라는 생각이 들었습니다. 개구리가 우물 안에서만 지내다 보면 그곳이 온 세상이라고 생각하며 살아갑니다. 제가 한 곳에만 머물러 있었다면, 그곳이 온 세상이라고 생각하며 살았을 것입니다. 잦은 이동으로 불편한 마음도 있었지만, 그로 인해 저는 다양한 사람들을 만나며 세상을 배워갔습니다.

매월 한 달에 한 번 본사에서 회의를 진행합니다. 어느 날 회의를 하러 갔더니 기획팀 팀장님의 호출로 면담을 진행하였습니다. 면담의 내용은 현장에서 저에 대한 안 좋은 투서가 들어왔다고 합니다. 여러 사람의 투서를 저에게 얘기해 주면서 앞으로 어떻게 하고자 하는지 물었습니다. 억울하고 속상했습니다. 그러나 다시 열심히 해보겠다고 하였습니다. 다시 현장에 돌아와 그들의 얼굴을 보는 게 쉽지 않았습니다. 그렇게 시간은 흘러가고, 그들과 다시 어우러지면서 일하였습니다. 그런데 얼마 전 본사 팀장님에게서 전화가 왔습니다. 따로 본사로 들어오라는 연락이었습니다. 그리고 다음 주로 약속을 잡았습니다. 당일 기차를 타고 본사로 향하였습니다. 본사 도착 후 이어진 면담에는 그전보다 더 참담한 얘기들이 저를 기다리고 있었습니다. 그전에 비해 더 안 좋은 투서가 들어왔다고 하셨습니다. 그리고 근무 태만이라는 이야기를 듣게 됩니다. 근무 시간에 신문과 책을 보느냐고 일을 제대로 안 했다는 팀장님의 말씀에 저도 모르게 눈물이 흘러내렸습니다. 그렇게 한참을 울고 나니 멍한 상태가 이어졌습니다. 그리고 현장과 제가 서로가 힘든 상황이니 그곳에 있는 건 아닌 거 같다고 말씀하셨습니다. 저도 그 말에 동의하였고, 앞으로 어떤 결정이 나든 간에 팀장님의 의견에 동의해 달라는 말씀을 하셨습니다. "네"라는 말 이외에 다른 어떤 단어도 떠오르지 않았습니다. 그리고 집으로 돌아오는 시간은 어떻게 왔는지도 모르게 도착하였습니다. 제 일이기에 저한테만 세상이 혹독한 듯하였습니다. 이겨낼 수 있다고 생각하기 전에 마음이 피폐해졌습니다. '나도 누군가를 비판한 적이 있었나' 라는 생각이 들었습니다. 어느 드라마를 보니 계산서는 돌아온다고 하던데요. 계산서가 저에게 부메랑으로 돌아온 것인지 자신을 되돌아보는 계기가 되었습니다.

일에 대한 자부심이 높았습니다. 그렇기에 이번 일은 제가 일한 시간에 대해 부정 당하는 것 같아 속상했습니다. 그리고 사람들이 무섭다는 생각이 들었습니다. 이후 그들을 미워하고 '나는 정말 억울한 사람이다' 라고 생각하였습니다. 그리고 얼마 전 깨달았습니다. '그들만의 잘못은 아니었구나 '…. 그들을 맞추지 못한 나도 잘한 게 없다는 생각이 들었습니다. 그런 생각들이 이어지면서 아픔이 조금씩 수그러들었습니다. 지금은 그들에게 감사한 마음이 듭니다. 사람에 대한 두려움이 모두 사라진 건 아니지만, 이런 일이 있었기에 나를 되돌아볼 수 있었습니다. 아픈 만큼 성숙한다고 누군가는 말하던데요. 직접 경험하니 아픔의 크기는 이루 말할 수 없었지만, 그만큼 배움도 있었던 시간이었습니다.

한 직장에 오래 있다 보니 여러 가지 일들을 겪었습니다. 교사로 일할 때 그림을 준 남자아이. 독서 모임을 소개해주신 본부장님. 본인 일임에도 저에게 일을 시키던 과장님.

이후 사람에게 상처받으면서 그들을 통해 감사함을 배웠습니다. 또 나를 마주하는 시간이 늘어나면서 지금의 일터는 최고를 경험하는 시간이었습니다. 앞으로 제가 일하는 이곳이 조용한 곳은 아닐 것입니다. 그렇기에 미래는 기대됩니다. 아무 일도 없이 그냥 현재를 살아간다면 그 또한 지루할 것입니다. 최고의 경험을 하기 전 저에게 일어나는 많은 일을 앞으로도 잘 견디며 이겨내겠습니다. 이러한 과정을 통해 저의 인생 퍼즐은 맞춰집니다. 쉽게 맞춰진 퍼즐보다 어렵게 맞춰진 퍼즐이 더 값진 경험을 만들어 주었습니다.

04

오승미

갑자기 찾아오는 기회

누군가 보기에는 공대생에서 직장생활을 시작한 것으로 보이겠지만, 쉽게 얻은 것이 없었다. 한순간도 미리 준비한 대로 이루어진 것은 없었다. 대학교 시절 때부터 학부 공부를 잘한 것도 아니고, 자격증을 따놓은 것도 아니었다. 심지어 첫 회사는 전공과 전혀 상관없는 금융회사로 입사했었다. 당시 경영학과나 법학과를 나온 사람들과 함께 면접을 보면서, 새로운 관점으로 일을 잘할 수 있다고 나를 소개했다. 하지만 1년도 버티지 못하고 퇴사했다. 모든 것들이 엉망이라고 생각했던 순간들이 기회를 주었다. 지금 회사에 입사하기 전 면접을 보러 올 때 2시간 넘게 운전을 해서 왔었다. 그날은 운전하고 처음으로 교통사고가 났었다. 아찔한 순간이지만, 간단한 접촉사고라서 마무리가 빨리 되었다. 하필 면접 날에 사고가 나서 면접은 망했다고 생각했었다. 경쟁자들은 토목과 출신에 이력서도 빵빵한 남자들이었다. 면접이 끝나고 친구에게 전화를 걸어서 안 될 것이라고 말하였다. 그러나 그날 오후 합격통지를 받았다. 회사에 입사할 당시 갑자기 어머니께서 아프셔서 합격통지를 받고, 바로 입사할 수가 없었다. 1년 뒤에 입사할 수 있었다. 1년 후 회사에 자리가 있을지 아무도 몰랐다. 하지만 바람대로 1년 뒤에 자리가 생겨서 지금 회사에 오게 되었다. 아무런 연고가 없는 곳으로 회사 하나만 보고 왔었다. 집도 구하지도 못하고, 무작정 입사를 하고 회사 관리부 팀장님 집에서 한 달 동안 신세를 지면서 지냈다. 그때는 지금처럼 이렇게 오랫동안 일할 것이라고 생각하지 못했다. 누구도 알 수 없는 시간이다. 앞으로도 마찬가지다. 그러니 지금 주어진 시간에 최선을 다해야 한다. 그것만이 현재에 가장 중요한 일이다.

인생에서 기억에 남는 시간은 결혼과 출산이다. 이 모든 것들을 지금 다니고 있는 회사에서 이루었다. 남편과 나의 만남은 남들이 말하는 사내 커플이다. 지금도 함께 일하고 있다. 대부분 사내 커플은 비밀연애를 한다. 우리 부부도 마찬가지다. 토목 쪽 회사다 보니 직원의 대부분이 남자이고, 총각이 많았다.

우리 팀은 내가 입사했을 당시에 남자 직원이 6명 있었다. 그중에 결혼하지 않았고, 여자 친구가 없었던 사람은 지금의 남편 혼자였다. 자연스럽게 둘이 다니는 기회가 많아지고 대화를 하며 친해졌다. 누구나 다 아는 것처럼 남들은 모르겠다고 생각하고 우리 둘은 철저하게 비밀연애를 하고 있다고 생각하고 있었다. 결혼할 당시 직원들에게 청첩장을 건네면 놀랄 것이라고 기대했는데 대부분 알고 있었다. 누군가 "남편 될 분이 우리 회사에 계신 분과 이름이 같네요."라고 말하면, 아무렇지 않게 "그분이에요." 말했다. 남편과 같은 일을 하니 일에 관한 이야기도 나눌 수 있었고, 내가 임신했을 때 옆에서 가장 많이 도와줬던 사람은 남편이었다. 집과 회사에서 함께하며 종일 붙어 다녔었다. 지금 생각해 보면 오랜 시간 붙어있으면서 싸우지도 않았다. 회사 입사 때도 그렇고 남편을 만날 때도 그렇고 준비하고 계획성 있게 진행되었던 것은 한순간도 없었다. 그 순간이 인생에 결정적인 순간인지 모르고 지나갈 때가 있다. 지나고 보면 알게 되겠지만, 그때는 좀 더 잘해야겠단 후회가 들 때도 있을 것이다. 후회하는 시간도 아깝다는 것을 지금에서야 알게 되었다. 지나간 시간인데 후회해도 아무런 의미가 없다.

주변에서는 무모하다고 했었고, 가족들과 친구들은 멀리 가서 일해야 하냐고 말하기도 했었다. 그때는 지금 하는 일이 힘들고 어렵고 안 될지도 모른다는 생각을 나도 모르게 하고 있었다. 그러나 그때마다 나를 일으켜주는 기회들이 나에게 왔었다. 새로운 일을 할 수 있다는 기대와 열정 그리고 노력이 가득했다. 전공 공부를 다시 해야만 했었고, 월급도 줄었지만, 이번 기회가 나에게 마지막 기회인 것만 같았다. 나는 이 기회를 잡아야만 했었다. 아니 잡을 수 있었다. 생각지도 못한 선택의 순간이 온다. 그 순간에 포기보다 도전을 하는 게 나에게는 커다란 경험이 되었다. 그런 경험들이 모여서 지금의 모습을 만들어줬다.

4년 전 남편은 지금의 회사에서 따로 독립해서 살림을 꾸리고 있다. 회사의 소사장으로 팀을 운영하고 있고, 그 기회를 잡아서 새롭게 터전을 잡고 독립적으로 일을 하고 있다. 남편은 결혼하면서 같은 팀에 있다가 새로운 일을 하게 되었다. 결혼하고 다른 팀으로 10년을 지냈다. 남편은 새로운 일을 배우고 적응하느라 무척이나 애를 썼다. 그런 모습을 보면서 미안한 마음이 들기도 했었다. 결혼하면서 하던 일을 내려놓고 새로운 일을 다시 한다는 것은 힘든 결정이었을 것이다. 지금은 잘하고 있고, 그 일을 했으므로 지금의 남편이 있다는 것을 알고 있다. 나에게 기회가 왔는지를 모르고 지나칠 때가 있을 것이다. 나 또한 처음에는 남편의 새로운 일이 기회라는 것으로 생각하지 못했다. 그저 미안한 마음이 가득했었다. 남편이 독립해서 일하게 되면서 같은 팀으로 들어가게 되었다. 원래 하던 일은 최소한으로 해야 할 일을 하고, 나머지는 인수인계 후 남편의 팀으로 들어가게 되었다. 회사가 바뀌는 것은 아니었으나, 원래 하던 일이 아니라서 직급은 과장급인데 일에 대해서는 하나도 모르는 신입으로 하나하나 일을 배워나갔다. 같은 토목이라고 하더라도 원래 하던 일이 아니라서 어려운 부분이 한두 개가 아니었다. 또 남편의 위치가 바뀌고 나의 위치 또한 일반적이지 않다 보니 다른 직원들이 대하는 부분도 어려운 게 많았다. 이때가 남편과 가장 많이 싸웠던 때였다. 나는 더 잘하고 싶고, 배우고 싶고, 하고 싶은 게 많았다. 또 집안일과 회사 일을 동시에 하기에 힘이 들었다. 그럴 때마다 제일 가까운 남편에게 하소연을 많이 했었다. 남편도 일들이 많아지면서 힘들어하고 언성이 높아지는 경우가 많아졌다. 회사에 다니면서 가장 힘들었던 시기가 딱 이 시기였다. 할 일은 많고, 이렇게 고생하려고 여기까지 왔느냐고 나 자신에게 물어보는 시간이 많았었다. 힘든 일들을 겪으면서 세상 보는 눈이 많이 바뀌었다. 이때부터 자기 계발을 시작했다. 힘들었던 시간은 마음을 고쳐먹고 나서는 다르게 보이기 시작했다. 다시 회사에 들어가서 배운다고 생각하고 나서는 회사 다니는 것이 힘들지 않았다. 그전에는 힘들게 10년을 견뎠는데 왜 이 길을 택했을까 자책하고 힘들어하기만 했었다. 욕심도 생기고 공부해야겠단 마음도 먹었다. 매일 공부하는 것이 힘들게 느껴지지 않았다. 입사하고 산을 오르면서 새롭고 뿌듯했던 마음이, 팀을 옮기고 일하면서 높은 작업차를 타면서 다시 느끼게 되었다. 무섭기만 하고 걱정하던 나의 모습이 바뀌는 것을 느꼈다. 한순간에 생각의 선택으로 삶이 바뀐다는 것을 이해할 수가 있었다.

주위 사람들에게 새로운 일이 나타난다면 주저 말고 해 보라고 권한다. 그 선택이 삶을 바꿀지도 모른다. 나는 선택으로 좀 더 노력하고 배우는 삶으로 바뀌었다. 또한 누군가에게 도움이 될 만한 일들을 찾아서 하게 된다. 조금은 손해를 보는 것도 상관없다. 내가 도울 수 있는 것이 중요하다. 다른 사람에게 도움이 된다면 도울 수 있는 여건이 되는 것에 감사하다. 한순간도 내가 만든 기회는 없다. 기회란 것은 생각지도 못했을 때 찾아온다. 그 기회를 잡느냐는 결정은 맘먹기에 달려있다. 기회가 지나가도 괜찮다. 다시 쫓아가서 잡을 수 있다. 그것도 마음먹기에 달렸다.

05

윤석재

일에서 만난 최고의 순간과 후회했던 순간

광고 대행사에서 비중이 높은 업무 중 하나는 광고주 수주를 위한 제안서 만들기입니다. 제안서를 만드는 일은 광고주에게 얼마나 맞는 광고 제안을 하느냐에 따라 광고주 수주 여부가 결정되기 때문에 그만큼 중요한 업무 중 하나입니다. 내가 컨택한 업체와 전화통화를 하거나 사전 미팅을 하고 난 다음 미팅 일정을 약속하고 공들여 만든 제안서를 가지고 방문을 합니다. 광고주에게 광고의 문제 해결이 될 수 있는 광고 제안을 하고 설득을 하여 광고 대행 계약서에 도장이나 사인을 받아 오는 것이 광고주 수주 업무입니다.

광고주들이 일부 광고 대행사에서 사기를 많이 당하기도 하고 또는 무작위로 많은 광고 대행사에서 영업 전화가 광고주의 업무에 방해받을 정도의 연락을 많이 받는다고 합니다. 그래서 사실 광고 대행사를 부정적으로 보는 업체가 많아 설득이 쉽지가 않았습니다.

그리고 당장 광고 진행에 도움이 필요했던 광고주는 여러 광고 대행사 담당자 중에서 한 곳만 컨택을 하므로 내가 컨택되는 것이 쉽지 않았습니다.
사람들에게 수시로 거절을 받다 보면 좀 속상한 감정이 듭니다. 그러던 어느 날 비교적 규모가 있는 업체와의 미팅 일정을 잡게 되었습니다.
입사 초반엔 회사 선배들이 몇 차례 동행해 줍니다. 하지만 일정 시간이 지나면 혼자 방문하게 됩니다. 미팅 일정을 잡은 해당 업체에 혼자 첫 미팅을 나가게 되었습니다. 그동안 익혔던 파워포인트로 며칠 야근을 하며 공을 들여 만든 제안서를 가지고 미팅 전날 밤까지 광고주에게 명함을 건네는 행동부터 자신 있어 보이는 억양 그리고 제안서 설명과 마무리까지 계속 시뮬레이션을 돌리며 밤잠을 포기하고 연습했던 기억이 납니다.

미팅날 광고주 사무실에 들어가기 전에도 해당 층 화장실에서 "초짜 티를 내지 말자! 나는 할 수 있다!"를 맘속으로 몇 차례나

외치며 사무실 벨을 눌렀던 기억이 있습니다.
결국은 계약을 하진 못했지만 주어진 시간에 정말 최선을 다했다고 느꼈기에 후회는 없었습니다. 너무나도 속 시원한 감정과 뿌듯한 감정을 가지고 회사에 복귀 했던 기억이 있습니다.
"나는 지금 현재, 그때처럼 최선을 다하고 있는가?"에 대해서 다시 생각하곤 합니다. 최선을 다한다면 결과가 좋지 않아도 스스로 성장을 했다고 느끼고 후회가 없습니다.
연차가 쌓이고 미팅이 반복되다 보니 긴장도 어느 정도 풀리고 일하는 나만의 방식도 생겼습니다.

그리고 광고주와의 좋은 관계를 잘 유지하고 있다고 느끼는 것만으로 최고의 순간이라고 느낄 때가 있었습니다. 광고주와의 관계를 좀 더 좋은 관계가 되고 싶다면 광고주가 무슨 생각을 하는 것인지 또 무엇을 말하고 싶은 건지 말하고 싶진 않았지만 알아주었으면 하는 것이 무엇인지를 파악하여 대화를 이끌어 가면 대체로 만족하고 좋은 관계를 유지할 수 있었습니다.
물론 여기서 가져야 할 마음의 목표는 진정성을 가지고 해당 업체의 매출 증대를 시키겠다는 진심을 가지고 대화에 임해야 합니다. 진정성이 없다면 상대방도 느껴집니다.

이런 식으로 상대방이 무엇을 듣고 싶은지 파악을 하고 나서 상대가 듣고 싶은 이야기를 진심을 담아서 이야기한다면 좀 더 좋은 관계를 유지할 수 있는 것처럼, 대화를 이끌어 간다면 좋은 관계를 유지할 수 있을 것입니다.
물론 사람마다 성향이 다르듯 회사 규모마다, 적당한 거리, 예의를 갖춰야 하는 광고주도 있습니다.

이번에는 회사에 다니면서 가장 후회했었던 때의 이야기를 해보려고 합니다.
건강식품 쇼핑몰의 온라인 마케팅부서에서 근무한 적이 있습니다. 다양한 상품을 판매하는 회사인데 어느 순간부터 우리 팀의 상품들만 광고수익이 저조한 상황이 계속되어 비상이 걸린 적이 있었습니다.
온라인 쇼핑몰 판매는 마케팅만 잘한다고 해서 매출이 증대되는 것은 아닙니다. 온라인 시장에서 가격경쟁이나 제품경쟁 등 등 복합적인 이유가 있습니다.
그 당시에는 일에 대한 경험 부족으로 나름 이것저것 시도를 해봤으나 나아지는 게 없어서 힘들었습니다.
심적으로 압박이 심했습니다. 좀처럼 나아지는 것 없이 스트레스는 높아지고 그냥 맘 편하게 회피하자란 마음으로 다른 부서 이동을 신청한 적이 있었습니다.

지금 생각하면 다양한 다른 방식으로 요청을 하고, 부딪혀도 보고, 결과가 좋든지 좋지 않게 나오든지 최선을 다해 끝까지 마무리하는 과정을 경험하지 못한 것이 후회됩니다. 방법은 찾지 못했더라도 전 과정을 적극적으로 참여하면서 많은 걸 경험하고 배웠을 텐데 회피를 한 것이 찝찝한 감정과 후회로 남았습니다.

회피했을 때의 불안하고 찝찝한 감정과 후회를 알기에 이제 문제를 마주 봤을 때 회피하지 않고 해결하려고 노력하고 있습니다.

그 밖에도 지난 시간을 돌이켜 보면 크고 작은 후회들이 남아 있습니다.

앞으로도 후회 없는 인생을 만들어 가려고 노력하다 보면 최고의 순간도 맞이할 수 있지 않을까 생각됩니다.

06

최서연

끝내준다. 내 인생

2015년부터 5년간 보험설계사로 일했다. 보험료 만 원짜리를 계약하러 기차를 타고 간 적도 있다. 고객을 만나기가 쉽지 않아서 약속만 잡히면 지역이 어디든지 가려고 했다. 우산을 써야 할 정도로 눈이 내릴 때도 양쪽에 보험 서류 가방을 들고 외근하느라, 눈을 맞으며 다녔다. 그때 결심했다. 내가 사람들을 찾아다니지 않고 그들이 나를 찾아오게 만들자! 블로그에 보험 상담 후기나 의학 정보, 약관 스터디 내용을 올려서 사람들의 궁금증을 해결해 주는 것부터 시작했다. 막무가내로 만나자고 하기보다 도움 되는 정보를 주면서 신뢰를 쌓았다. 자신의 보험을 봐달라고 하는 사람들이 생겼다. 직접 만나야 할 때는 근무하는 삼성동 빌딩으로 오게끔 했다. 다른 강사들이 강남에서 강의나 모임을 할 때, 나는 살고 있는 신림에서

모임을 시작했다.

거리에서 버려지는 시간을 최소화하고 콘텐츠에 집중했다. 그때나 지금이나 나는 이런 질문을 품고 있다.

–내가 해결할 수 있는 것은 무엇일까?
–이것으로 해볼 수 있는 것은 무엇일까?

의미 있는 작업이면서도, 재미가 있어야 한다. 나는 호기심이 많아서 금방 흥미를 잃는다. 해보고 싶은 것이 많아서 아이디어 노트에는 메모가 빼곡하다. 일단 내가 재미있어서 미칠 정도가 돼야 한다. 남들은 멍 때린다고 말하지만, 머릿속으로 상상하면서 시뮬레이션을 해본다. '와. 이거 재미있겠다.' 라고 생각이 들면 실행해 보는 편이다. 그 과정이나 결과에서 함께 하는 사람들과 의미 있는 시간이 되도록 내용도 추가한다. 수강생은 나에게 돈이나 시간을 쓴다. 내가 3만 원을 받으면 상대방에게 10배 이상의 가치로 돌려주려고 노력했다. 붓을 들고 그림을 그리거나, 피아노를 연주하는 예술가는 아니지만 나는 매일 창조성을 기르기 위해 연습한다. 내 관심은 사람들의 불편함을 해결하는 것, 잘 되는 가게의 특징을 찾아내 나한테 적용하는 것, 내가 알게 된 것을 콘텐츠로 만들어 내는 것이다. 그래서 일상이 놀이이고, 선생님이며, 직장이다.

의미와 재미를 챙겼던 뜻깊은 프로젝트가 있다. 바로 작가 친구 100명 만들기다. 이미 작가인 사람을 친구로 만들겠다는 것이 아니고, 나를 만나서 책을 쓰고 싶다는 꿈을 꾸고 작가 된 사람들을 100명을 만드는 것이다. 대의를 품고 거창하게 꿨던 꿈은 아니다. 그저 읽고 쓰는 삶을 직접 경험해 보면 좋겠다는 마음이었다. 누구나 책을 쓸 수 있다는 것을 보여주고 싶었다. 그 과정을 통해 자기 삶의 의미를 찾기를 바랐다. 그러려면 재미 요소가 필요했다. 약 1년 동안 공저 쓰기 프로젝트를 했고, 이 책을 마지막으로 프로젝트를 마무리하게 된다. 공저가 나올 때면 같이 홍보하고, 강연한다. 그 모습을 보고 누군가는 또 꿈을 꾸고, 다음 책 쓰기에 동참한다. 물꼬를 터주는 역할이 내가 할 일이었다.

종이책을 10권 정도 내면서 어렴풋하게 언젠가 출판사를 운영할 수도 있겠다는 느낌이 왔다. 생각의 씨앗은 생각보다 빨리

자랐다. 2022년 〈책먹는살롱〉이란 출판사를 냈다. 이곳은 내가 기획, 출간한 전자책만 내는 1인 출판사다. 수강생들의 이름이 들어간 전자책을 낼 때면, 멋진 선물이 되기를 바라는 마음에 설렌다. 내가 쓴 전자책보다 좋게 만들어주고 싶어서 작업 시간도 몇 배 걸린다. 글쓰기 경험을 누군가에게 알려주고, 그들이 책까지 낼 수 있는 결과물이 나오는 것을 지켜보는 과정은 짜릿하다.

돈을 위한 돈을 벌려고 했을 때는 재미가 없었다. 돈만 바라보니까, 세상을 즐기는 법도 몰랐다. 같은 돈을 써도 지금은 풍요롭다. 삶 자체가 직장이고, 거기에 있는 재료로 지지고 볶아서 내가 원하는 요리를 만들 수 있다. 요리를 먹는 사람은 행복하게 즐기고, 거기에 대한 보답으로 돈을 낸다. 돈을 내면서도 오히려 나한테 만들어줘서 고맙다고 인사까지 한다. 아침 9시에 출근해서 주어진 일을 하던 나는, 온라인 세상에서 경계 없이 누비고 관찰하면서 삶을 배운다. 내가 배운 것을 나만의 언어로 정리해서 그 정보가 필요한 사람들에게 정리만 해줘도 돈을 버는 세상이 됐다. 매일 새롭다. 매일이 최고의 순간이다. 이제는 나처럼 돈 버는 시스템을 만들도록 사람들을 돕고 있다.

이 글을 쓰면서도 생각한다. 독자들은 어떤 고민이 있을까? 어떤 삶을 살고 싶어 할까? 현실과 이상의 격차를 줄여주는 방법은 무엇일까? 그 시작은 〈책〉 하나였다. 책을 읽는 습관을 만들도록 돕고, 책의 내용을 삶에 적용해 보도록 했다. 이제는 그들의 변화된 삶을 보고 누군가도 꿈꾸고 도전할 것이다. 내가 만난 최고의 순간은 언제나 지금이다. 매일 배우고 도전하며 타인을 돕는 오늘이다. 끝내준다. 내 인생.

책 추천

핑크펭귄(빌 비숍, 스노우폭스북스, 2021년)
오모테나시(최한우, 스리체어스, 2017년)

07

한명욱

삶의 가치, 사랑과 책임

그는 늘 웃고 있었다. 30대가 막 된 환자였다. 약혼녀가 면회 올 때면 특유의 밝은 미소가 마스크로도 가려지지 않았다. 종양내과는 면역력이 떨어진 환자들이 있는 곳이라 늘 병실 구석구석 소독을 했다. 잠시 허락된 면회 시간에도 마스크를 쓰고 만나야 했다. 마지막 순간까지 밝았던 환자였다. 힘든 순간에도 웃음을 잃지 않을 수 있었던 힘은 무엇일까?

군 병원의 특성상 20대 젊은 남자 환자가 많았다. 항암치료를 받는 환자들의 안정을 돕고, 약물 투여를 하고, 감염 예방에 힘쓰는 것이 임무였다. 어떤 위로도 조심스러웠기에 얼굴에 너무 밝지도 무겁지도 않은 미소를 장착하고 출근했다. 갑자기 찾아오는 통증으로 힘겨워할 때는 조금이라도 빨리 고통을 덜어주고 싶었다. 마약성 진통제를 타러 빠르게 뛰는 것 말고는

해 줄 수 있는 것이 없어 안타까웠다. 수시로 손을 씻으면서 액세서리 하나 없이 하얗게 튼 손등을 보았다. 손 씻기가 감염 예방을 위한 기본이라는 사실을 그렇게 배웠다. 감염이 가장 무서웠다.

미세먼지 가득한 공기라도 야외를 편히 거닐 수 있다는 것이 얼마나 감사한 일인지, 순간순간 감사하다는 기도가 절로 나왔다. 뜨겁게 익히고 간이 덜 된 환자식을 보면서 무엇이든 먹을 수 있는 것은 또 얼마나 행복한지 느꼈다. 나의 평범한 일상이 누군가에게는 누리고 싶은 꿈이라는 것을 깨달았다. 건강의 중요성을 일찍 배웠다.

결혼 초기라 한참 남편과 싸우던 때인데 비슷한 연배 환자들의 모습을 떠올릴 때면 '참 사소한 것이네.' 라는 생각이 들었다. 이해하지 못하고 싸운 순간들이 미안해졌다. 큰 문제라 느꼈던 것들이 시간이 지나면 아무것도 아니었다. 마음을 내려놓으면 문제가 되지 않는다는 것을 알게 되면서 어려움이 찾아올 때마다 힘이 되었다. 태어나는 순간도 죽는 순간도 내가 선택할 수 없다. 그저 주어진 오늘을 열심히 살아야 한다. 아이가 넷이 되고, 남편이 휴직하면서 월급 없이 여러 달을 지낸 적도 있었고,

첫째가 고등학교에 진학하지 않아 걱정했던 적도 있지만, 모두가 건강하게 곁에 있어 감사하다.

운동부하검사 중인 환자가 심정지를 일으켰다. 응급 약물을 투여하고 CPR을 하면서 응급실로 뛰어가던 순간, 차오르는 눈물을 삼키며 처음으로 병원을 벗어나고 싶다는 생각을 했다. 작은 실수도 용납되지 않는 순간마다 책임을 배웠다. 군인은 생명을 지키는 일을 한다. 간호사도 마찬가지다. 간호장교는 몇 배로 더 소중하게 생명을 지켜내야 하는 직업이었다.

밤에 다급한 연락이 왔다. 옆 병동에서 근무하는 후배였다. 취침 점호 후 라운딩을 하는데 병사 한 명이 보이지 않아 화장실로 가보니, 창문에 매달려 있던 병사가 후배를 보자마자 뛰어내렸다는 것이다. 6층에서 뛰어내렸으나, 3층 잔디밭으로 조성된 공간에 떨어진 것이었다. 당직 선임 간호장교와 당직 군의관에게 연락하며 3층으로 뛰어 내려갔다. 다행히 가벼운 타박상 외에 심하게 다친 곳은 없었다. 응급실에서 처치가 끝나자마자 환자 안전을 위해 정신과로 협진 의뢰하였다. 개인적인 사정으로 상담이 필요한 상태였다. 신체적인 건강 못지않게 마음의 건강도 중요함을 배우는 순간이었다.

보건교사로 근무하면서 자주 찾아오는 학생들에게 슬쩍 개인적인 고민을 묻게 된다. 학생들 이야기를 들으면서 친구나 가족과의 관계가 원만하지 않거나, 학업 스트레스 등 마음의 건강에 적신호가 온 것을 확인하게 된다. 작은 신호라도 놓치면 위험한 상황에 놓이는 경우가 많아 주의 깊게 살핀다. 특히 초등학교 저학년은 말로 표현하는 것이 서툴기에 표정, 말투, 행동 하나하나를 잘 관찰한다. 온몸으로 아픔을 호소하는 아이들이다.

길다면 길고 짧다면 짧은 의무 복무 6년은 사랑과 책임이라는 핵심가치를 찾게 해 주었다. '그날 흘린 땀방울이 그날 하루의 행복을 만든다.' 중학생 때부터 지켜온 좌우명이다. 참 열심히 살았다고 자부하지만, 사관학교 4년과 간호장교 6년은 인생을 세우는 큰 축이 되었다. 보건교사가 되어 건강의 중요성을 꼭 가르치고 싶은 것도, 우리 아이들에게 "넌 특별하단다." 말해주고 싶은 것도 생명의 소중함을 깨달았기 때문이다. 그렇기에 정말 사랑하며 살고 싶다. 나와 다른 삶을 그대로 인정하고 나누며 지켜주고 싶다. 그렇게 그저 나답게 살고 싶다. 자유롭게 살고 싶다. 자유의 다른 이름은 책임이다. 내가 자유롭기 위해 꼭 지킬 것을 지키는 책임. 나이가 들면서 더 소중하게 다가오는 가치들이다.

집 보일러가 터졌는데, 화상 전문병원까지 가기에 긴급했던 민간 환자가 군 병원 응급실로 들어왔다. 그때 나는 겨우 중위였다. 임상경험 1년 만에 응급실에서 만난 큰 위기였다. 얼굴부터 발목까지 화상을 입은 환자를 보니 손이 바들바들 떨렸다. 화상 부위를 소독하고 온몸을 붕대로 감는 동안 고통스럽게 외치는 소리에 혼이 달아나는 것 같았다. 그러나 어떻게든 살려야 한다고 생각했다. 전신 화상이라 가장 시급한 것은 수분과 전해질 보충이었다. 바늘 꽂을 수 있는 곳은 목과 발등뿐이었다. 군의관과 둘이 어렵게 수액을 놓아 화상 전문병원으로 후송 보내며 간절히 기도했다. 어느 때보다 더 간절했다. "주님, 저 환자와 함께해 주세요. 가족과 함께 조금만 더 살아갈 시간을 허락해 주세요."

병원에서 근무하며 배운 것을 지금은 한창 자라는 학생들에게 나누고 있다. 보건교사여서 감사하다. 우리 학생들이 나를 통해 자신을 사랑하고, 건강한 어른으로 자라기를 꿈꾼다. 그렇게 어른으로서, 교사로서 책임을 다한다. 나 한 사람의 영향은 미약하지만, 나비효과처럼 우리 학생들이 어른이 되었을 때 각자의 자리에서 사랑하며 나누기를 바란다. 자유롭게 나아가 누군가에게 전하기를. 세상은 그래서 아름답지 않겠는가. 우리 모두 일에서, 삶에서 배운 가치를 하나씩만 나누어도 좋겠지. 사랑과 책임의 가치를 품고 사는 지금, 참 행복하다.

08

한수진

성공한 사람들의 비밀을 알게 되다

월급쟁이로 15년을 살았다. 입사 지원했을 때를 떠올려 본다. 무조건 회사에 충성할 각오로 자기소개서를 썼다. 일이 많을 때는 야근, 휴일 근무도 당연히 해야 한다고 생각했다. '평생직장'으로 여겼다. 입사하고 2년 뒤 결혼했고, 또 2년 뒤 첫째를 낳았다. 그때가 2010년.

첫째 아이 출산 준비를 할 때였다. 사야 할 것들을 엑셀 파일에 표로 정리했다. 여러 쇼핑 사이트에서 검색하며 배송비와 쿠폰을 적용한 가격을 기록하고, 가장 저렴한 것을 주문했다. 이렇게 비교하며 모두 준비하기까지 시간이 오래 걸렸다. 만삭 임신부가 직장 일 마치고 집에 돌아오면 녹초가 되었는데, 또 한두 시간씩 앉아서 쇼핑을 하다 보면 허리가 아프고 다리도 부었다. 그래도 지출을 최소화하기 위해서 가격을 비교하고 또 비교하며 육아용품, 출산용품들을 준비했다. 그리고 물건이 도착하면 리뷰를 남겨 쿠폰을 받는 것도 잊지 않았다. 가장 저렴하게 사는 것이 현명한 소비라고 생각했다.
아이들을 낳고 나서는 상황이 좀 달라졌다. 사야 할 게 있을 때 사이트마다 쿠폰이 있는지 일일이 확인하며 주문할 시간이 없었다. 퇴근하고 부랴부랴 집에 오면 저녁 7시. 식사하고 설거지와 청소, 빨래를 하고, 아이들을 씻겨주고 나도 씻고 잘 준비를 마치면 11시가 다 되었다. 남편이 가사와 아이 돌보는 일을 같이하는데도 그랬다. 결국 사야 할 게 있을 땐 가격 비교 사이트 검색 결과 중 상위에 나온 것을 대충 구입했다. 리뷰를 남길 시간 따위는 없었다. 몸이 두 개여도 모자랄 것 같았다.

강사, 코치가 되고 꾸준히 책을 읽고 교육받다 보니 성공한 사람들의 공통점을 알게 되었다. 그건 바로 시간관리였다. 철저하다는 표현으로는 부족할 정도였다. 《88연승의 비밀》의 저자 존 우든 감독, 《잠들어 있는 당신의 시간을 깨워라》를 쓴 브라이언 트레이시, 《생각의 비밀》의 저자 김승호 회장 등 대가들은 대부분 그랬다.
나는 돈을 아끼기 위해 시간을 썼었는데, 대가들은 시간을 아끼기 위해 기꺼이 돈을 지불했다. 시간을 산 것이다. 돈은 없다가도 벌 수 있지만, 시간은 누구도 다시 만들어 낼 수 없기 때문이다. 대가들은 돈을 지불해서 아낀 시간을 목표를 이루는 데 사용했다. 존 우든 감독은 시간을 존중하라고 했다. 세상에서 가장 귀중한 자원인 시간을 함부로 대하는 태도를 용납하지 않았다. 김승호 회장은 많은 사람들이 쉽게 어기는 어린아이와의 약속 시간, 식당, 미용실 예약 시간에도 단 1분이라도 늦지 말라고 강조했다. 시간을 대하는 태도, 이것이 내가 일을 하며 배운 첫 번째 귀중한 자산이다. 이제 나는 시간을 아끼기 위해 책, 강의, 세미나에 돈을 지불한다. 누군가 오랜 시간 동안 쌓은 지식과 지혜를 짧은 시간에 배울 수 있고, 시행착오를 줄일 수 있기 때문이다. 그리고 수강자들의 시간을 존중하기 위해 오프라인 강의를 할 때는 한 시간 전에 도착해서 준비한다. 내 시간이 소중한 만큼 타인의 시간도 소중하기 때문이다.

나는 바인더와 스마트폰, 생산성 툴을 활용한다. 이 도구들이 비서처럼 나를 도와준다. 바인더로 시간을 계획, 관리하고 스마트폰 캘린더 앱으로 중요한 일정을 알림 받는다. 또 생산성 툴로 중요한 기록을 보관해서 필요할 때 언제 어디서든 찾아볼 수 있다.

예전에는 기록의 중요성을 알지 못했다. 일기도 왜 써야 하는지 몰랐다. 회사에 다닐 때 회의내용을 기록하긴 했지만, 주로 지시받은 업무에 대해서만 짧게 기록했을 뿐이다. 3P자기경영연구소에서 강규형 대표의 어마어마한 기록을 보며 나에게는 어떤 기록들이 남아 있는지 생각해 보았다. 내가 가장 잘 기록해 놓은 것은 첫째 아이 육아일기였다. '맘스다이어리' 라는 사이트에서 매일 일기를 쓰고 책으로 출판한 것이 네 권 있었다. 그 외에는 생각나는 것이 없었다. 강규형 대표는 전 직장의 기록들도 보관하고 있어 그 일의 경험이 필요한 많은 사람에게 도움을 주고 있다. 그에 비해 나는 15년 동안 근무한 직장에서의 기록이 거의 없어서 누구에게도 도움을 줄 수 없다. 아쉽고, 부끄러웠다.

이때부터 기록하기 시작했다. 꿈과 목표를 기록하고, 할 일과 시간을 적고, 책을 읽고도 메모하고, 강의를 들으며 끊임없이 썼다. 인간이 기록하기 시작하면서 엄청난 발전을 이루어 왔다고 한다. 오래전 소크라테스와 공자의 이야기를 제자들이 기록하지 않았더라면 우리는 그들의 존재조차 알 길이 없었을 것이다.

평범한 사람도 기록하는 습관을 지니면 뇌를 비울 수 있다. 창의적으로 생각할 수 있는 여유가 생기는 것이다. 또 기록하면서 생각의 확장이 일어나고, 기록한 것을 보면서 생각이 정리되기도 한다. 이 과정에서 뇌가 자극받으니 기록하지 않는 사람보다 똑똑해질 확률이 높다.

바인더에 손으로 기록하고, 노트북이나 스마트폰에 파일로 기록한다. 파일을 노션이라는 웹사이트에 보관한다. 컴퓨터 폴더에 저장하는 것과 비교해 노션에 저장하면 좋은 점은 가시성과 구조화가 월등하다는 것이다. 이미지 파일을 첨부하면 원하는 크기로 이미지를 조절할 수 있고, 유튜브 영상을 넣으면 링크가 연결된다. 또 폴더처럼 상하위 개념이 있으면서도 한 페이지에 모든 것이 보인다.

시간이 지나며 이 자료들이 연결되어 새로운 아이디어가 탄생하기도 한다. 정리 정돈이 잘 되어 있을 때 필요한 물건을 쉽게 찾을 수 있는 것처럼, 기록을 잘 정리해서 보관해 놓으면 필요할 때 쉽게 찾아 쓸 수 있다. 게다가 파일은 복사가 가능해 부분적으로 수정해서 얼마든지 재사용이 가능하다. 예를 들면 나는 강의와 관련된 모든 자료를 노션에 보관한다. 'OO

중학교 공부법 수업 2022-12-30', '오늘부터 나도 스마트한 엄마 강의 2022-05-20' 처럼 제목을 쓰고, 강의안과 공유할 자료, 강의 시 촬영한 사진, 영상, 소감문과 개선할 점 등을 보관한다. 그러면 다음에 비슷한 강의를 준비할 때 해당 노션 페이지를 복사해서 조금만 수정하면 되니 수월하고 시간도 절약된다.

성공한 사람들의 비밀. 그것은 바로 '습관' 이었다. 성공한 사람들은 환경이 좋거나 지능이 높은 사람들인 줄 알았는데, 그보다는 좋은 습관을 지닌 사람들이었다. 시간을 귀하게 쓰는 습관, 기록하는 습관, 책을 읽는 습관, 감사하는 습관, 운동하는 습관 등. 그 비밀을 알고부터 나는 좋은 습관으로 하루를 채우려 노력하고 있다. 며칠 노력한다고 바로 큰 변화가 나타나지는 않는다. 습관을 지속하기 어려운 이유가 그 때문이다. 다이어트를 위해 운동을 할 때 매일 1kg씩 체중이 줄어든다면 기쁘게 운동을 지속할 수 있겠지만, 그런 일은 잘 일어나지 않는다. 성과가 눈에 보이지 않더라도 매일 조금씩 성장하고 있다는 사실을 굳게 믿어야만 지속할 힘이 생긴다. 성공한 사람들이 보여주고 있으니까 믿기로 했다. 좋은 습관들을 매일 쌓아가면 그들처럼 성공에 가까이 다가갈 수 있을 거라는 것을. 그렇기에 오늘도 시간 관리를 하고, 책을 읽고, 기록한다.

04

취업을 준비하는 이들에게

01

강은숙

길을 잃어도 괜찮아

사람들은 좋아하는 일을 하며 살기 원한다. 하지만 생계 걱정 없이 좋아하는 일을 직업으로 삼고 있는 사람이 얼마나 될까. 주변에 대학을 졸업하고 취업이 되지 않아 집에 있는 취준생들이 여럿 있다. 자녀가 취업했다고 밥 한 끼 사는 지인은 축하할 일이지만 취업 못 한 지인 자녀를 생각하면 밥을 먹으면서도 마냥 좋아할 수는 없다. 취업하고 싶어 원하는 곳에 지원해 떨어지는 자녀들을 보면 안타깝다. 취업을 준비하는 동안 좋아하는 일이나, 하고 싶은 일을 찾아 준비하면 그나마 다행이다. 우리는 초등학교 때부터 점수에 의해 평가받는다. 내가 무엇을 좋아하는지도 모르고 점수를 위해 공부한다. 오롯이 대학교에 들어가기 위해 달린다. 전공을 선택해 들어갔지만 자기와 맞지 않아 다른 길을 찾기도 한다. 안정적인 직업을 선택하기 위해 공무원을 준비하는 사람도 있다. 막상 취업했지만, 적성에 맞지 않아 사표를 내고 그제야 자신을 돌아보기도 한다. 청춘이란 파랗게 돋아나는 봄철이란 뜻이 있다. 봄이 오기까지 기나긴 겨울의 차가운 바람을 이겨내야 한다. 지금 차가운 공기에 흔들리며 자신의 방향을 찾고 있다면 그것으로도 충분하다. 봄은 온다.

나도 전공을 바꿔 지금의 직업을 가지고 있다. 나의 첫 직장은 무역회사였다. 아이를 가지며 회사도 그만두었다. 하지만 배움에 대한 갈증은 계속되었다. 점수에 맞춰 선택하는 것이 아니라 내가 잘할 수 있는 전공을 고민했다. 아이를 낳고 키운 육아 경험을 살려 유아교육을 전공하면 잘할 것 같았다. 유아교육 전공 첫 시간, 아동발달 수업을 들었다. 육아 경험으로 이론이 머릿속에 쏙쏙 들어왔다. 아이를 키우기 전에 미리 이론을 알았더라면 딸들을 더 잘 키우지 않았을까 하는 아쉬움이 들었다. 공부하며 적성을 찾은 것 같았다. 그러나 졸업 후 현장에서 마주한 현실은 달랐다. 아이들만 보살피는 것이 아닌 학부모와 교사와의 관계, 평가인증, 그리고 서류 등, 쉽지 않았다. 교통사고가 나서 쉬고 싶은 생각을 할 정도로 힘든 시간도 있었다.

다른 일을 찾아보려 했지만, 배운 것이 도둑질이라는 말도 있듯이 나는 이 일을 그만두지 못했다.

어릴 때는 이 직업을 가질 거라 한 번도 생각하지 못했다. 전혀 꿈꿔 본 적 없는 일이다. 천직일 것으로 생각했던 어린이집 교사라는 직업도 방황하는 시간은 찾아왔다. 취업을 준비하는 이들은 더 많은 불안과 진로에 대한 고민은 당연하다. 진로의 방향에 대해 불안한 마음이 드는 이들에게 하고 싶은 것을 도전해 보라고 말해주고 싶다. 다시 시작하는 것이 두려울 수도 있지만, 하고 싶은 것이 있는 것만으로도 희망이 있다.

같이 근무하는 교사 중에도 처음부터 유아교육을 전공한 사람은 적다. A 교사는 디자인을 전공하고 디자인 회사에 3년 근무했지만, 적성에 맞지 않았다고 한다. 회사에 다니며 야간 대학으로 아동 보육을 다시 전공하고 지금 같이 일하고 있다. B 교사는 영어영문과를 졸업했다. 직장에 다니던 중 갑작스러운 가족의 교통사고로 병간호를 해야 했다. 병간호가 길어지면서 아쉽지만, 직장을 그만두었다. 어릴 때부터 아이들을 좋아해 보육교사 1년 교육과정을 공부하고 우리 어린이집에 신입 교사로 취업했다. C 교사는 컴퓨터공학을 전공했다. 전공 후 회사에 다녔으나 많은 야근과 여러 가지 이유로 회사를 그만두었다고 한다. 다시 무언가를 찾아 공부하고 싶었다고 한다. 주변에 어린이집 교사가 많았고 아이들이 좋아 아동 보육학과를 졸업하고 지금 어린이집에 다니고 있다. D 교사는 학교에서 기독교교육과 졸업하고 취업하지 않고 아동보육과로 편입했다. 7년의 대학 생활을 했다고 한다. 사람들은 원하든, 원하지 않는 대학교를 선택해서 들어가 전공을 공부한다. 좋아했던 전공도 현장에서 일하다 보면 생각과 다른 수 있다. 관련 전공으로 사회 경험을 하고 자기 일을 찾아 공부하는 용기에 응원의 박수를 보낸다. 가던 길이 아닐 때 과감하게 용기를 내어 방향을 바꾸는 것도 괜찮다.

내 조카는 독어독문학과를 전공하고 독일로 워킹홀리데이를 다녀왔다. 지난 1년간 취업 준비를 하더니 갑자기 IT 공부를 해보고 싶다며 진로를 바꿨다. 언니는 전공을 살리지 않고 새롭게 공부하는 조카를 탐탁지 않아 했다. 조카는 "엄마 내 인생은 길어, 긴 인생 중에 6개월은 아무것도 아니야"라고 선포한 후 열심히 공부 중이다. 그 교육에 600명 정도 지원했고 140명 정도 뽑혔다고 했다. 6개월째 공부하고 있는데 현재는 약 100명 남았다고 한다. 집에서 줌으로 강의를 듣다 보니 온종일 잠옷 바람일 때도 있다. 집에서 9시부터 6시까지 강의를 듣고 있는데 중간에 포기한 사람도 있다고 한다. 힘들지만, 끝까지 버티기 작정에 들어갔다며 조카는 너스레를 떤다. 다만 조카일 뿐이겠는가. 지금도 어느 곳에서 묵묵히 취업을 준비하고 있는 모든 이에게 봄바람이 불기를 바란다.

나는 특별히 하고 싶은 것도 잘하는 것도 없었다. 아이들을 키우며 어린이집에 다녔다. 일을 꾸준하게 하다 보니 적성에 맞고 지금은 주변에서 '천직' 이라는 소리를 들으며 일하고 있다. 학교를 졸업하고 원하는 직장에 취업했거나 하고 싶은 일을 찾은 사람은 순조로운 출발에 박수를 보낸다. 하지만 그렇지 않은 경우도 많다. 첫 직장에 취업했으나 생각했던 것과 다를 수도 있고, 마음에 들지만 사람 관계 때문에 그만둘 수도 있다. 실습 나간 곳에 취업이 된 딸아이는 1년의 교사 생활을 하고 있다. 일도 힘들고 교사와의 적응까지 힘들어했다. 현재 업무에 익숙해지며 안정을 찾고 있다. 하지만 계속 이 일을 할까, 대학원에 갈까, 다른 일을 찾아볼까? 라며 우스갯소리 하지만,

본심도 보인다. 취업했어도 매일 흔들린다. 100% 적성에 맞고 모든 조건이 맞으면 얼마나 좋을까? 그런 경우는 흔치 않다. 취업을 안 해도, 취업해도 고민은 있다. 자신의 인생을 위해 어떤 삶을 살아야 할지 끊임없이 묻는다. 이런 현실을 버티며 자신이 진정 원하는 것을 찾아 한 걸음 한 걸음 앞으로 나아가는 게 우리의 삶이 아닐까 싶다. 나의 꿈을 오늘도 찾아간다. 멈추지만 않고 가다 보면 언젠가는 도착지에서 내릴 수 있다고 나는 믿는다.

02

김단비

수업에 대한 사명을 잊지 말자

대학을 갓 졸업한 취업준비생이자 독서모임 지인이 1년 전에 상담 요청을 하였다. '독서지도사'에 관심이 있어 이 방면으로 일하는 사람들과 상담하고 싶다고 했다. 내 직업이 '독서지도사'가 아니라 '독서코칭'이라는 점을 알렸다. 며칠 후 다시 연락이 왔다. 독서지도사가 되기 위해서 정말 철저하게 준비했다. 이 방면의 비전을 생각하고 아이들은 최소한 30명 이상은 되어야 수입이 안정되고, 자격증을 어떻게 따는지 순서와 이 일을 계속하면 좋은 점과 나쁜 점까지 철저하게 분석한 후 실제 경험하면서 어떠한 고충이 있는지 물어보았다. 난 먼저 박수를 보냈고 난 그렇게 단계별로 일을 하지 않았다고 고백했다. 질문을 받고 고민하였다. 나는 오랫동안 수업한 아이들이 많은데 아마 중고등학생이 된다면 만나지 못하는 친구들도 있겠다는 생각이 들었다. 그 뒤를 준비하지 못했다는 생각이 들어 그에 대해서도 설명했다. 갑자기 상담을 요청한 지인에게 감사했다. 내가 가는 길이 내가 열정을 쏟아부으면 무조건 된다고 생각했는데, 일에 대해서 다시 생각하게 되었다.

'어떻게 하면 많은 아이와 책 수업을 할 수 있을까?' 고민했다. SNS 홍보도 하고 만나는 사람에게 명함을 나눠주면서 알렸다. 포항에서 낯선 '독서코칭'이라는 수업에 학원과 혼동하기도 했다. 그래도 아이들과 수업하고 싶어서 다양한 활동을 하면서 수업을 알리고 다녔다. 그렇게 만난 아이들은 잠시 다니다가 그만두기 일쑤였다. 일반 학원과 같이 생각하여 책을 읽는 것보다는 교내외 시험 준비를 원하시는 학부모님이 많다는 걸 알게 되었다.

한 통의 전화가 왔다. 처음 수업을 시작할 때 같이하던 친구의 어머니께서 3년이 지난 뒤 연락이 왔다. 아이들이 다시 수업을 할 수 있는지 물었고 상담하였다. 함께 수업할 때 아이들이 책을 읽는 것을 즐거워하였던 것을 기억하고 연락했다. 그렇게 책을 재미있게 읽었는데 코로나로 수업을 진행하기 힘들었다고 했다. 아이들이 책을 멀리하는 모습에 예전에 책을 읽고 즐거워하던 모습이 그리워서 다시 수업을 듣고 싶어 했다. 그 말에 마음 한구석이 꽉 채워졌다. 다시 만난 친구가 기뻤고, 함께 즐겁게 수업을 할 수 있어 즐거웠다. 다시 생각하니 아이들을 한 명 더 모으려고 홍보에 힘쓰기보다는 함께 하는 아이들과 즐겁게 수업하고 수업의 가치를 높이는 게 더 좋다는 생각이 든다.

처음에는 시행착오가 많았다. 어머님들의 마음에 들기 위해 나의 가치를 뒤로 미루고 어머님들에게 쫓아가기 바빴지만, 지금은 그렇지 않다. 아이들이 책을 재미있게 읽게 된 건 아이들이 스스로 책을 읽고 즐겁다고 느끼기 때문이다. 매일 정해진 분량의 책을 읽고 글을 쓰는 숙제를 매일 하지 않으면 수업이 재미없어진다. 아이들도 그것을 알기에 매일 1시간 이상의 글을 읽고 쓴다. 그 노력을 나는 안다. 그렇기에 함께 모여서 하는 수업이 아이들의 노력에 헛되지 않기 위해 매일 노력한다. 즐겁게 자기 생각을 다 말로 글로 표현할 수 있도록 돕고, 지금 읽는 책이 인생 책이 되도록 돕는 노력을 계속해서 하고 있다.

지금은 교과 연계, 논술 위주 수업 이런 부류의 수업을 일절 하지 않는다고 단호하게 말한다. 내가 하는 수업은 아이들이 책을 읽고 와서 즐겁게 토론하고 책에 관한 생각들을 적으며 책과 함께하는 삶을 살도록 도와주는 게 수업의 철칙이라고 정확하게 말해준다. 이렇게 말하더라도 듣지 않는 분이 많다. 그래도 나의 수업은 남들의 시선에 흔들리지 않고 쭉 이어가면서 수업의 가치를 키워가야 한다.

독서와 관련된 자격증이 많다. 독서지도사도 협회에 따라 수십 개가 된다. 나 또한 그중에 3개의 자격증이 있다. 하지만 이러한 자격증은 꼭 필요한 건 아니다. 자격증을 얻기 위해서 치르는 시험에 준비하여 그대로 수업한다고 해서 수업이 원활하지 않다. 아이들의 특성이 다르고 아이들의 수준에 맞는 그리고 취향에 따라 책과 수업 방법이 다르기 때문이다. 수업 방법은 계속해서 공부하면서 업그레이드해야 한다. 책을 읽는 것을 좋아해서 수업 지도와 관련된 책들을 도서관에서 자주 빌려보면서 연구한다. 처음에는 그렇게 하다가 방통대 유아교육과에 진학하고 나서 만난 선생님들과 교수님들에게 많이 문의하고 상담하면서 수업 준비를 하였다. 처음 3년은 공부한다 생각하고 매번 아이들과 다양한 책과 관련된 활동을 하였는데 활동들은 아이들이 흥미를 돋을 뿐 아이들의 실력을 늘리지 못한다는 걸 알았다. 그 뒤로는 '아이들이 어떻게 독서 습관을 지니고 독서가 생활이 되도록 하지?' 하는 고민을 하고 친구들 스스로 책을 읽고 질문하고 답을 찾는 자기 주도 학습을 할 수 있게 돕도록 연구하고 있다.

어느 날은 한 친구가 전화가 왔다. 집에 혼자 있는데 심심해서 공부방 가서 책을 읽어도 되냐고 물었다. 나는 당연히 된다고 했다. 그 친구와 편의점에서 쭈쭈바를 몇 개 샀다. 무더운 여름날 공부방에서 부모님이 퇴근할 때까지 3시간 동안 신나게 책을 읽었다. 그 친구는 공부방에 있는 그림책들, 내가 보는 책들, 하나씩 보면서 책 읽다가 즐거운 부분을 이야기하기도 하고, 책 내용을 그림을 그리기도 했다. 등장인물이 많은 소설에는 인물 관계도를 그리며 책을 읽으며 독서 일기까지 쓰고 엄마와 함께 집으로 돌아가는데 엄청 흐뭇했다. 그 친구는 토론 때 심심하면 공부방 와서 책을 읽는다고 다른 친구들에게 자랑했다. 코로나시기에 공부방은 아이들의 놀이터가 되어서 나에게 공부방 예약을 하느라 바쁜 시간을 보냈다.
수업이 아니더라도 아이들 스스로 책을 선택해서 읽고 생각을 정리하는 자기 주도 학습이 되도록 도와주는 게 내 직업이라는 생각이 그때 확실하게 들었다. 초심으로 돌아가 내가 왜 이 일을 시작했는지를 다시 생각하고 일을 한다. 책과 함께하는 삶을 살고 싶은 친구들을 많이 만나서 성장시키는 것 그 소명을 잊지 말고 '한 아이라도 행복한 책 습관이 되도록 만들자' 라는 생각으로 수업하고 있다.

많은 이들과 독서토론을 하며 성장할 수 있도록 도와주는 일. 그것이 나의 직업이다. 나의 사명을 뒤로 미루지 말고 내가 목표로 하는 수업의 방향은 꼭 정확하게 인지해서 학생들 부모님에게 알려주었다. 내가 왜 이 일을 하는지에 대한 이유와 그 일로서 내가 무엇을 실천하면 누군가에게 희망의 날개가 되어 주는지 이 두 가지 질문에 대한 답을 꼭 찾고 수업을 진행하니 어려움을 극복했다. 그 뒤에 상담을 요청했던 지인에게 다시 연락했다. 나의 어려움이 누군가에게 도움이 되기를 바라며 이야기했다. 독서코칭 일을 시작하는 처음은 계획대로 되지 않을 수 있다. 포기하지 않고 직업에 대한 사명을 잊지 않고 수업한다면 평생 가지고 갈 수 있는 직업이라고 알려주었다.

03

김상미

하찮아 보이는 기회의 선물

이동이 잦았지만, 한 회사 내에서 계열사 이동을 했습니다. 다양한 업무를 경험하면서 내가 하고자 하는 일만 할 수 없다는 생각이 들었습니다. 처음 일을 시작한 계기는 가정에 금전적으로 도움이 되고자 하는 것이었습니다. 이후 그 일들이 적성이 맞는지, 내가 좋아하는지 물어볼 겨를이 없었습니다. 그렇게 돌아볼 겨를도 없이 참 숨 가쁘게 살았습니다. 학습지 교사를 시작하면서 시작된 두 번째 직장에서부터 현재까지 15년의 세월이 흘렀습니다. 그 세월 동안 저에게 무엇이 남았는지 되돌아보니 15년이라는 경력이 남았습니다. 저에게 고통을 준 이들도 있지만, 행복과 보람을 준 사람들이 곁에 있습니다. 내 생각이 늘 옳다고 생각했지만, 사람들을 만나면서 변하게 되었습니다. 현재는 내 생각이 옳지 않을 수도 있다고 생각합니다. 그런 생각들이 저의 행동을 조금씩 변화시키고, 그 변화 속에서 한 걸음 성장이라는 계단을 올라갔습니다.

때론 몸과 마음이 지칠 때도 있었습니다. 그때마다 힘이 되어 준 건 세 가지가 있습니다. 첫째, 가족입니다. 가족은 내가 무엇을 하든지 무조건 옳다고 해주었습니다. 제가 속상한 일이 있을 때 술 한 잔 부딪치며, 제 얘기를 들어주는 가족은 든든한 지원군이었습니다. 둘째, 함께 하는 사람들입니다. 모든 분이 저에게 지지와 응원을 보낸 건 아닙니다. 시기와 질투도 받았지만, 지지하는 한 명이 있다면 열 명의 시기도 견딜 수 있었습니다. 그때의 상황에서는 힘들었지만 제가 뭘 하든 제 얘기를 믿어주시는 그 한 분이 있기에 두렵지 않았습니다. 혼자라고 생각되지 않았습니다. 천명의 사람을 얻은 듯 든든하였습니다. 그렇기에 제가 이렇게 힘차게 삶을 살아가고 있는 것입니다. 셋째, 책을 통한 배움입니다. 배움을 갈구하지만, 배울 수 있는 분이 주위에 없다고 생각했습니다. 그러나 그건 저의 무지와 오만이었습니다. 그러한 저를 책이라는 매개체를 통하여 깨우치게 해 주었습니다. 독서를 할수록 난 참 세상에 대하여 많이 몰랐구나. 모르는 게 정말 많다고 생각되었습니다. 그리고 지금 하는 일에 대해서 늘 자신감이 있었습니다. 나는 누구보다 잘하며, 열심히 하고 있다고 자신을 합리하였습니다. 그것이 저를 더 오만하게 만들고 사람들의 시기를 만드는 계기가 되었습니다. 독서를 함으로써 저의 무지를 조금씩 더 깨닫게 되었습니다. 그리고 겸손을 알게 되면서 어린아이에게도 배울 점을 찾게 되었습니다. 나를 변화시키고, 타인을 변화시키고자 하는 건 쉽지 않습니다. 그 어려움을 변화시킬 방법은 책을 통해서입니다. 책의 내용이 모두 정답이 되지는 않겠지만 가고자 하는 방향을 이끌어 줍니다. 이처럼 책을 통해 방향을 알고 무지를 깨닫게 되었습니다.

저는 그렇게 조금씩 변하게 되었습니다. 무엇이 나에게 맞는지 생각하는 것으로 하루를 버리지 않았습니다. 성공만을 바라보고 도전하였다면, 세상을 바라보는 눈이 달라지지 않았을 것입니다. 인생은 성공과 실패만 있는 것이 아닙니다. 인생은 성공과 과정만 있을 뿐입니다. 성공의 과정, 실패의 과정을 통해서 그렇게 인생은 만들어져 갑니다. 이러한 과정을 통해 나의 꿈을 찾고 삶의 의미를 찾게 되었습니다. 어떤 꿈을 가지고 일할지 알고자 했습니다. 그래서 저를 들여다보는 시간을 따로 만들었습니다. '운동할 시간도 없는데… 독서할 시간도 없는

데…' 라며 시간의 핑계만 되지 않았습니다. 내가 시간이 없다고 말할 때도 시간은 흘러가고, 의미와 꿈을 찾고자 할 때도 시간은 흘러갑니다.

어떤 시간에 자신을 맡기고자 하는지 고민하였습니다. 이렇게 꿈을 찾는 시간의 경험을 얘기해 보고자 합니다. 저의 꿈은 초등학교 이후 없었습니다. 중학교, 고등학교, 대학교 때도 꿈은 없었습니다. 바쁨의 시간 속에서 꿈을 찾는다는 건 생각도 못했던 과거의 시절이었습니다. 현재는 꿈이 있습니다. 내가 가고자 하는 목적지가 있는 자와, 목적지가 없는 사람은 분명 달랐습니다. 가고자 하는 방향이 있기에 작은 바람에도 흔들리지 않았습니다.

그럼 어떻게 직장을 다니면서 꿈을 찾았는지 저의 꿈 찾기 여행을 이야기하고자 합니다.
어느 날이었습니다. 문득 구석에 떨어진 책이 저를 부르는듯한 묘한 감정이 들었습니다. 먼지를 툭툭 털어버리고 책 제목을 보니 '성과를 지배하는 바인더의 힘' 이었습니다. 책 안을 살펴보니 읽은 흔적이 남아 있었습니다. 읽었지만, 기억이 나지 않는 걸 보면 별 감흥이 없던 책인 듯하였습니다. 그리고 자석처럼 끌어당겨 책을 계속해서 넘기고 있는 저를 발견하였습니다. 그 책이 발판이 되어 바인더를 알게 되고 저를 바라보는 시간이 많아졌습니다. 바인더에 나의 시간을 기록하고, 사명과 비전을 찾았습니다. 하고 싶은 것, 가보고 싶은 곳, 배우고 싶은 것, 되고 싶은 모습, 갖고 싶은 것, 나누어 주고 싶은 것을 기록하며 저의 꿈을 작성했습니다. 기록한 꿈을 하나씩 이뤄나가며, 그것을 바탕으로 나의 평생 계획을 세웠습니다. 그리고 연간 계획과, 월별 계획을 세웠습니다. 그 월 계획을 바탕으로 주간 계획설정을 하였습니다. 이렇게 기록한 것을 바탕으로 나를 되돌아보며 피드백하였습니다. 이처럼 자신의 시간을 기록하면서 해보고자 하는 것, 이루고자 하는 꿈을 찾을 수 있었습니다. 지금은 내가 그리는 꿈이 무엇인지, 어떤 것을 이루고자 하는지 자주 질문합니다. 그 생각들이 꼬리를 물며 그것에 가까운 답을 찾을 수 있게 되었습니다. 어두운 동굴 속에서 헤매다 불빛을 발견하면 불빛만을 따라 이동하게 됩니다. 인생이라는 동굴 속에서 한 줄기 빛이 되어 길을 찾을 수 있게 하는 건 저의 사명과 비전 그리고 꿈의 기록이었습니다.

그럼, 일에 대한 기회를 늘리려면 어떻게 해야 할까요? 기회는 도전이며 경험입니다. 도전을 통한 경험의 확률을 높인다면 자신이 선택할 수 있는 일은 여러 가지가 생기게 됩니다. 자기 경험을 통하여 나의 외모 때문에 취업이 안 되었다면 확률을 높이기 위해 외모에 신경을 써서 면접을 준비할 것입니다. 나의 말투 때문에 취업이 안 되었다면 이 또한 확률을 높이기 위해 말투 연습을 통하여 확률을 높이고자 할 것입니다. 나의 지방대학 졸업 때문에 취업이 안 되었다면 편입하여 확률을 높이면 될 것입니다. 이처럼 도전은 기회를 통화여 제삼자의 입장으로 나를 바라봅니다. 그리고 자신을 피드백하는 시간이 늘어나게 됩니다. 또한, 기회를 여러 번 경험했을 때 확률을 더 높일 수 있습니다. 어떤 기회를 잡고 싶은지, 어떤 경험을 통해 확률을 높이고 싶은지 고민만 하기보다는 도전을 통해 지금까지 왔습니다. 하찮아 보이는 일이라도 시작은 미약하지만, 끝은 창대해지게 됩니다. 기회는 멀리 있지 않았습니다. 가까운 곳에서 자신에게 기회를 제공해 줄 그것을 찾고 선택하였습니다. 그것이 하찮아 보이는 일이었어도 기회를 버리지 않았습니다. 이제 어둠 속의 터널에서 빛을 찾았기에 미래가 두렵지 않습니다.

04

오승미

아는 만큼 보이는 직업

토목 엔지니어. 토목도 여러 가지 일이 있다. 우리가 살아가는 생활에서 밀접하게 접해있는 일이다. 대부분 토목이라고 하면 건물을 짓거나, 도로 위에서 흙먼지를 내면서 땀을 내서 뚝딱이면서 일하는 거로 생각한다. 토목공부를 하기 전에 그렇게 생각했다. 그래서 노가다라고 말하기도 했었다. 일을 해보면 알겠지만, 댐이나 교량, 도로, 배수장, 하수처리장, 공항까지 폭넓게 설계, 품질, 시공, 안전, 관리 등 이렇게 크게 분류해서 이야기한다. 공사가 시작되기 전에 준비단계를 설계라고 하면, 공사를 하는 품질 및 시공, 공사의 진행과 끝난 후에도 관리하는 것이 안전이다. 현재 나의 일은 그중에서도 안전에 해당하는 일이다. 우리나라에서는 큰 사고를 겪으면서 안전에 관한 생각이 달라진 거 같다. 공사를 하면서도 안전에 대한 점검이 이루어지고, 우리가 사용하고 있는 터널이나 도로, 교량은 주기적으로 점검하고 있다. 점검해서 안전한지 아닌지를 구분해 내고 때로는 보강이 필요한 부분을 찾아내서 보수, 보강을 알려주는 일이다. 엄마의 직업에 대해 아이들이 물으면 좀 더 쉽게 설명하려고, 우리가 지금 이용하고 있는 도로나 터널이 아픈지 안 아픈지 살펴보는 의사 같은 일이라고 설명해 주면 이해하였다.

토목 일을 하는 사람들은 거칠게 보이고, 강할 것으로 생각하는 사람들이 많다. 말투나 행동으로 강해 보이지만 설계일이나 우리 일을 볼 때 현장일 보다는 컴퓨터 앞에서 시간을 보내는 경우가 많다. 분석하고, 보고서를 쓰고, 검토하는 일이 대부분이다. 현장의 일보다는 분석하고 현장의 내용을 잘 정리하고 연구하는 일이 많다. 현장에서 일주일 정도 일을 한다면, 보고서를 작성하는 경우는 짧게는 한 달이고, 길게는 6개월에서 1년이 걸리는 일들이 많다. 대부분 컴퓨터 다루는 능력들이 중간 이상은 되어야 한다. 또 같이 일하는 사람들을 보면 활발한 사람들보다는 조용하고 꼼꼼한 사람들이 일을 잘하였다.
내가 현장에 가서 일할 때면 지나가던 사람들이 다시 돌아볼 때가 많다. 특히나 도로 위에서 안전봉을 들고 신호할 때는 운전자들의 시선을 느낀다. 처음에는 어색했지만, 내가 모르는 누군가의 안전을 위해서 하는 일이 지금은 너무 뿌듯하다. 친구들과 일에 관한 이야기할 때 신기해하면서 다른 즐거움을 준다. 지금 하는 일은 나에게 그런 경험을 안겨준다. 뿌듯함과 잘하고 있다고 칭찬해 줄 기회를 준다. 힘든 일은 먼저 나서서 열정적으로 가능하게 만들어 준다. 현장에 가서도 물러섬 없이 남자들 속에서 조금이라도 나를 부추기고 다독이면서 잘하고 있다고 말해준다. 그런 것들이 모여서 에너지를 주었다.

사람들에게 일이란 활력을 주고 에너지를 주고 살아가는데 자원을 준다. 일이란 월급도 주지만, 자부심과 뿌듯함 그리고 에너지를 주는 것이다. 일 속에서 더욱 잘하고 싶고 욕심이 생기는 것도 당연하다. 계속 공부를 하고 발전할 수 있는 원동력이 되는 것도 직업이 만들어 주었다.

나는 고등학교 때부터 공룡을 좋아해서 지금까지 이어온 기회가 되었다. 주변의 친구들이 연예인을 좋아할 때 공룡에 빠져서 관련 책을 읽고, 사진을 책상에 붙여놓고, 공룡 엑스포만을 기다렸다. 공룡을 좋아하다 보니 과학을 좋아하게 되었다. 공룡을 알기 위해서는 고생물학에 대해서 자연스럽게 공부할 수 있었다. 대학도 땅을 공부하는 곳으로 찾아서 가게 되었다. 나의 꿈은 우리나라 최초의 여성 공룡학자였다. 날마다 꿈꾸면서 살았었다. 공룡 뼈를 발굴하는 꿈을 꾸기도 했었고, 공룡 발자국을 찾아서 산을 다니는 모습을 상상하면서 즐거워했었다. 상상했던 것들을 지금 직업에서는 다 할 수 있다. 우연히 정한 직업이라도 예전부터 이렇게 하고 싶었기 때문에 그 모습과 가까이 살고 있다. 우리나라의 70%는 산지이다. 우리나라에서 도로를 만들려면 산을 깎거나 산을 뚫어야 가능하다. 10년간 회사에서 현장에 가면 공룡 발자국을 찾듯이 깎여진 산을 관찰하고 그 산의 불연속면(층리, 절리 등)을 조사해서 전산화하는 일을 했다. 조사했던 도로 구간을 지나갈 때마다 뿌듯함을 느낀다. 처음에는 아무것도 없었던 그곳에 아스팔트가 깔려있고, 깎인 비탈면에 꽃과 식물이 있는 모습을 보면 즐겁다. 아무도 모르는 산의 처음 모습이 나만의 기억이라고 생각되니 기쁘기도 하다. 혼자서 운전하다가 조사했던 비탈면을 지나가면 뿌듯함을 느꼈다. 나만 알고 있는 모습이 보이는 것 같아서 미소가 지어진다. 안전하게 도로가 개통되는 모습을 보면 누군가에게 도움이 되었다는 생각도 든다.

토목 엔지니어를 하려면 토목 관련 학과를 졸업해야 한다. 말 그대로 토목 관련 학과이다. 토목이란 말이 들어가지 않더라도 관련학과는 모두 해당이 된다. 요즘은 토목공학과라고 하지 않고 환경과라던가 시스템공학과 등 이름이 많이 바뀐 경우를 볼 수 있다. 나 또한 토목공학과가 아니라 자원공학과를 나왔다. 선배들의 말로 옛날 같았으면 광산학과라고 했었다. 대학교에서 내가 좋아하는 지질학이나 광물학 외에도 환기, 발파, 탐사 등 여러 분야를 학부 시절에 배울 수가 있었다. 토목 관련 일을 해보고 싶고, 잘 맞을 것 같다는 생각이 들면 학교에 학과 홈페이지를 보고 어떤 과목을 배우는지 꼭 보아야 한다. 일반적으로 학교를 졸업하고 토목회사에 입사하면 기술자별로 등록이 된다. 초급기술자에서 자격증을 따고, 경력을 쌓고, 대학과 대학원의 졸업에 따라서 점수가 쌓이게 되면서 중급기술자, 고급기술자, 특급기술자로 나뉜다. 요즘은 시스템이 잘되어 있어서 자신의 경력관리가 쉬워졌고 일을 잘한다면 대우받기가 나아졌다. 그만큼 경력자가 대우를 받고, 경력자는 적어지고 있는 현실이다. 회사 운영에 관하여 남편과 경력자에 대한 의논을 많이 한다. 우리도 경력자라고 할 수 있지만, 이 분야의 기술자들의 경험과 비결은 어디를 가도 배우기 힘든 과정이므로, 그런 경력자들은 큰 힘이 되는 현실이다. 현장을 관리하고 책임을 질 수 있는 단계는 고급 기술자부터이다. 토목에서 수리, 도로, 터널, 공항, 항만 분야별로 다른 일을 하며 전문 분야도 나뉘게 되었다.

토목 일을 하는 사람들은 현장에 다니는 경우가 많아서 사람 만나는 일이 많다. 같은 분야에 사람들을 만나면 꼭 배울 점이 생긴다. 경력을 잘 쌓아두면 나이가 들어서도 계속 일을 할 수가 있다. 지금 회사에도 70세가 넘으셨는데 현장에서 일하시는 이사님이 계신다. 경력에 따라서 일을 주기 때문에 경력을 잘 쌓아두면 경력을 바탕으로 계속 일할 수도 있고, 경력에 따라 금액이 큰 건의 일을 할 수 있다. 그런 의미에서 계속 공부하고 도전하고 욕심이 생기는 일이다.

이제는 건설할 것이 없다고 하는 사람들도 있을 것이다. 안전에 대한 인식이 커지면서 지금은 안전에 관한 일들이 많다. 밖에서 일하는 것이 힘들어 보일지는 모르지만, 생각보다 매일 새로운 곳에 가서 맛있는 것을 먹고, 늘 새로운 환경을 접하는 것은 신나는 일이다.

아는 만큼 보인다. 그냥 운전하고 지나가는 당신의 길이 나에게는 일터이다. 나는 어떤 도로나 터널을 지날 때 주의 깊게 살펴본다. 나의 직업을 갖게 되면서 알게 된 것은 아는 만큼 보인다는 것이다. 예술이나 어떤 사물과 물건을 보면서 만든 의도와 목적들을 알게 되면 그만큼 보이는 것이 많아지고 넓어진다. 어떤 일이든 간에 아는 것이 많아지면 보는 눈이 넓어진다. 음식에 대해서 알면 먹고 싶은 게 많아진다. 요리에 관심이 많으면 음식 먹으러 가는 또 즐겁다. 모든 일은 관심 정도에 따라서 달라진다.

05

윤석재

당신은 나의 동반자

대학을 졸업하고 첫 취업을 했을 때가 생각납니다. 원래는 전공에 관련된 일을 하려고 했으나 군대를 다녀오고 막상 학교를 졸업하고 나니 전공을 살릴 마음이나 하고 싶었던 일이 따로 없었던 나는 결국 진로를 정하지 못한 채 지인이 다니는 회사에 마침 자리가 비어 면접을 보고 입사했습니다.

걱정도 되었지만 막연한 설렘을 가지고 출근을 했습니다.

그 당시 6일 근무제에 2교대 근무, 적응할만하면 낮과 밤이 다시 교대로 바뀌는 교대근무 방식에 적응이 쉽지 않았습니다. 그래도 딱히 하고 싶은 게 없었기에 성실하게 일을 배워가며 착실하게 회사 생활을 이어 나갔습니다. 업무에 익숙해지면서 반복된 작업이 눈에 보이기 시작했고 내가 원하는 이 길이 맞나 라는 회의가 문득 들기 시작했으나 '좋아하는 일을 하며 사는 사람이 얼마나 있겠어!' 라며 합리화했습니다. 12시간 근무로 하루종일 자고 출근하는 반복되는 일상에 회의감이 들었습니다.

취업을 준비하는 친구들에게 하고 싶은 이야기는 처음 취업했던 곳이 진로가 맞지 않거나 회사가 본인과 맞지 않아 내 커리어는 망했다고만 생각하면 안 됩니다.
이리저리 부딪히는 과정을 통해서 나의 경험은 다듬어집니다.
생산관리, 첫 직장에서의 업무 과정을 충분히 즐기지 못했음이 조금 아쉬웠습니다.
운이 좋게도 첫 직장에서 좋아하는 일을 서서히 찾아가긴 했지만 계속 많은 시도를 해서 내 길을 찾는 것도 좋은 방법입니다.
그 과정에서 나한테 맞는 일, 안 맞는 일, 나의 정체성에 대해서도 명확히 다듬어질 거라는 생각도 듭니다.
찾지 못했다고 해도 실망하지 말고 이것저것 시도를 해보는 건 굉장히 중요한 것 같습니다.
또 그런 다양한 경험을 통해서 내가 어떤 일을 잘하고 어떤 일을 했을 때 행복하고 재미가 있었는지 스스로 결정하면 좋을 것입니다. 나는 행복을 우선순위로 결정을 했고 내가 행복하다면 나머지는 자연스레 따라오겠다고 생각했습니다.

나는 직장을 다니면서 남는 시간엔 아르바이트까지 투잡 경험이 있습니다.
아르바이트를 하더라도 뭐든 해보는 게 가장 좋은 것 같습니다.
일을 하면서 역시 나한테 맞는 일인지 안 맞는 일인지 알 수 있게 되었고, 이직하게 될 때도 좀 더 나에게 맞는 회사를 선택할 때 도움이 되었습니다.
우리는 삶의 대부분은 일해야 하는 사람이고 행복한 일을 찾고자 하므로 다양한 시도를 통해서 본인을 파악하는 것이 중요하다고 생각합니다.

돈벌이나 명예보다 자신의 인생을 긍정적인 마인드와 자기 성장을 거듭할 수 있는 일을 찾아야 합니다. 모든 사람은 일을 통해서 돈이든 명예든 커리어든 성장하고 싶어 합니다.
내가 정말 좋아하는 일을 찾았음에도 막상 현실에서는 동료와의 관계가 좋지 않거나 성향이 안 맞는 상사를 만나게 되는 경우는, 아무리 일이 즐거워도 즐거움을 유지하기는 쉽지 않습니다.
동료들과의 불필요한 감정 소모가 많아지고, 의미 없이 반복되는 업무를 테트리스처럼 쳐내기에만 급급하게 되어 내가 성장하고 있는 게 맞나 라는 생각도 들 때가 있습니다.
우리 인생에서의 대부분 시간을 사무실에서 혹은 자택에서 일하면서 보냅니다.
일은 떼려야 뗄 수 없는 사이, 삶의 동반자입니다. 나에게 있어서는 일이란 스스로 성장하게 해 주고 행복을 도와주고 함께 걸어가는 나아가는 또 하나의 동반자라는 생각이 듭니다.
일은 나의 동반자로서 매일 함께 하는 가장 중요한 삶의 일부입니다.
그래서 일이 자신에게 어떠한 중요한 의미가 있는지를 생각하고, 다양한 일을 통해서 내가 정말 좋아하는 일인지 발견해야 하지 않을까 생각됩니다.
만약 일에 대해서 좋아하지도 않고 아무런 의미 없이 일하고 있다고 생각이 되면 인생이 조금 지루해지지 않을까요?
반대로 일에 대해서 좋아하고 뚜렷한 의미를 부여하게 되었다면 인생이 즐겁고 조금 더 풍요로워지지 않을까요?

일은 사회적으로 소통하고 협력하는 방법을 배울 수 있습니다.
일을 함께하는 동료들과의 협력은 서로를 이해하고 존중하고

서로의 강점으로 회사의 목표를 함께 이루는 과정에서 에너지가 됩니다. 많은 것을 배울 수 있습니다.
일이 주는 스트레스와 압박감을 극복하기 위해서 취미 활동도 했었고, 일과 생활의 균형을 유지하는 방법을 배웠습니다. 충분한 휴식과 자기 관리를 통해 건강을 유지하고, 스트레스를 줄일 수 있는 방법을 스스로 터득하는 것은 중요합니다.

사회적인 성공이든, 경제적인 이득이든, 자아실현이든, 내가 어떤 것을 좋아하고 어떤 의미를 두는 사람인지를 아는 것이 중요합니다. 내가 생각하는 일의 의미에 따라 충실히 사는 것이 나다운 일을 찾는 방법인 것 같습니다.

06

최서연

다시 돌아갈 수 없기에

인간의 기본적인 욕구가 충족되지 않은 상태에서 꿈을 꾸기란 쉽지 않다. 삶의 목표가 굶지 않고 사는 것만 해도 다행인 시절이 있었다. 딸 다섯 중 막내로 태어난 나는, 엄마 나이 마흔 중반에 낳은 자식이다. 아들 하나 바랬을 뿐인데 엄마는 딸만 낳은 결과로 죄인처럼 살았다. 그런 엄마를 보며 나도 주눅이 들었다. 나 때문에 엄마가 힘들어졌다는 생각은 세상에 대한 분노로 이어졌다. 냉기가 뼛속으로 파고드는 추운 집, 그날 먹고살 돈도 못 버는 엄마의 장사, 고슴도치처럼 서로의 가시에 찔리고 찌르며 우리 가족은 그 시절을 보냈다. 그런 내가 꿈이라는 것을 꿀 수나 있었을까? 어떤 어른이 되겠다고 상상이나 해볼 수 있었을까? 빨리 집에서 탈출하고 싶었고, '돈이나' 벌어서 내 마음대로 쓰면서 살고 싶었다.

가끔 멘토 인터뷰를 통해 "대학교 시절로 돌아가면 무엇을 해보고 싶으세요?"라는 질문을 받는다. 다시 돌아갈 수 없기에, 그런 마음으로 오늘을 산다. 대학교 시절로 돌아가도 나는 그때처럼 같은 행동을 반복했을 것이다. 그런 과거의 결과물 덕분에 누군가에게 도움 되는 이야기를 할 수 있으니 나쁘지만은 않다. 그저 성적대로, 주변에서 하라는 대로 전공을 선택하고 취업했던 이십 대 시절의 나에게, 나는 인생 선배로서 꼭 말해주고 싶다.

첫 번째, 십 년 후 내 모습을 그려보자. 십 년 전 나는 서른 살 초반이었다. 보험회사 보상팀에 근무했다. 자율적인 삶을 원했지만, 방법을 몰랐다. 회사에서의 승진만 꿈꿨을 뿐 내 인생의 업그레이드를 못 했다. 그때를 생각하면 손에 잡히듯 선한데, 벌써 십 년 전이다. 그렇듯 십 년이란 빨리 흘렀다. 서른 살 후반을 지나면서 내가 꿈꿨던 〈책만 읽어도 돈 버는 삶〉을 살고 있다. 늦었다고 생각하지 않는다. 방황하고 미로를 헤매면서 많은 경험을 했다. 다만, 다음 십 년은 분명 다를 것이다. 지금부터 준비하고 있기 때문이다. 이십 대에 상상하는 삼십 대는 아득하다. 삼십 대에서 바라보는 이십 대는 금방이다. 매일 누구에게나 공평하게 주어지는 24시간이다. 시간을 내 편으로 만들어야 한다.

두 번째, 나는 돈 공부를 할 것이다. 회사 생활을 하면서라도 돈 공부를 했다면 다른 삶을 살고 있지 않겠느냐는 달콤한 상상도 해본다. 매일 같은 시간, 똑같은 공간에서 일하면서 번 돈으로 딱 10%씩만 투자를 하고 돈 공부를 했더라면 넓은 세상에서 재미난 삶을 살고 있을 것이다. 저축, 주식, 부동산 등 단순한 투자 종목으로 접근이 아닌, 경제 흐름을 보는 훈련을 할 수 있다. 업종 상관없이 무슨 일을 하든 간에 우리는 돈과 떼어낼 수 없는 존재다. 돈을 쓰기만 하고, 돈 공부를 하지 않은 현실이 안타깝다.

세 번째, 멘토를 만들자. 멘토는 한 명일 필요가 없다. 내 책상 앞에는 오프라 윈프리와 김미경 강사 사진이 붙여져 있다. 생각이 막히거나 복잡한 일이 있을 때는 고개를 들어 그들을 바라본다. 보는 것만으로도 에너지를 얻을 수 있다. 멘토는 내가 하고자 하는 일에서 성공하는 사람을 삼는다. 엄청나게 성공해서 만날 기회가 없는 사람은 책이나 영상으로 공부해도 괜찮다. 또는 2~3년 차 정도 된 사람 중에 멘토를 삼으면서 그들의 발자취를 따라가는 것도 디딤돌 역할을 할 수 있다. 불과 얼마 전까지 자신처럼 시작이 어려웠고 힘들었던 시기를 겪었기에 현실적인 조언을 해줄 수 있기 때문이다. 거시적, 미시적 조언을 같이 얻고, 조합해서 내 것으로 만들어가면 된다.

네 번째, 일단 시작하자. 몇 년 전 직업 특강을 하러 중고등학교에 다닌 적이 있다. 간호사를 소개하는 자리였는데, 지금 하는 일이 작가, 유튜버라고 하니 아이들의 태도가 달라졌다. 어떻게 간호사가 유튜버가 됐냐는 질문도 많았다. 내가 하는 일 중의 한 분야일 뿐인데, 아이들 눈에는 그 직업이 멋있나 보였나 보다. 이제 직업의 경계는 허물어지고 하나의 일만 하는 사람은 살아남기 힘들다. 바야흐로 크리에이터의 시대가 열렸다. 그럼 크리에이터는 어떻게 되냐고 또 물을 수 있다. 내가 하는 여러 가지 일을 조합해서 연결하면 된다. 그러려면 일단 뭐든지 시작해서 경험해 봐야 한다. 이걸 할까? 저걸 할까? 고민할 필요가 없다. 일하면서 배우는데 돈까지 번다고 생각하면 맘도 편하다. 직업을 선택할 때 평생 해야 하는 일로 생각하니까 이것저것 따지는 거다. 전공과 관련된 일도 해보고, 그 일을 하다가 궁금한 분야가 생기면 다시 도전해서 배운다. 지금도 나는 배우면서 돈을 벌고 있다.

다섯 번째, 나를 믿자. 마지막이 가장 어렵다. 결국 될 일은 된다. 나만 포기하지 않으면 내가 꿈꿨던 것보다 훨씬 괜찮은 삶을 선물로 받는다. 그런데 그 경험을 해보지 않아서 두려워 시작하지 않거나, 중간에 포기한다. 자신을 믿지 못하니 자꾸 이 사람 저 사람(그 일을 해본 적도, 성공해 본 적도 없는 사람)에게 물어보다가, 마음만 심란해져서 그만둔다. 자신을 믿기 위해서는 끊임없이 물어야 한다. 누구에게? 자신에게. "너는 어떤 삶을 살고 싶어? 하고 싶은 게 뭐야? 언제 행복해?" 질문은 쉽지만, 대답은 어렵다. 고비가 올 때면, 이미 이 문제를 해결한 멘토를 찾아가 도움을 청한다. 멘토의 말을 100% 받아들이지 않고 다시 정리해서 내가 할 수 있는 것과 할 수 없는 것을 구분해서, 바로 실행을 해본다. 이것이 내가 나를 믿고 셀프 코칭 하는 방법이다.

십 대와 이십 대는 앞이 깜깜했다. 내 앞에 이십 대의 나를 앉혀놓고 따뜻한 커피 한잔 사주고 싶다. 꼭 껴안고 등을 토닥여

주고 싶다. 그런 마음으로 이 글을 읽는 분들에게 사랑을 담아 글을 써 내려간다.

책 추천

파이브저널(댄 자드라, 앵글북스, 2022년)

천 원부터 경영하라(박정부, 쌤앤파커스, 2022년)

07

한명욱

간호사? 군인?

고등학교 3학년 때 학교 홍보를 나온 생도들을 처음 보았다. 육군, 해군, 공군사관학교만 있는 줄 알았다. 대학을 졸업하고 여군에 지원해야겠다고 생각했던 터라 반가웠다. 국군간호사관학교는 고등학교 졸업자나 동등한 학력을 가진 만 21세 이하 여성들이 지원할 수 있는 학교였다. 군인이 되고 싶다는 생각으로 어떤 일을 하는지도 모르면서 선생님과 부모님의 반대를 무릅쓰고 지원했다. 체력검정이 있다는 설명에 무작정 하교 후에 학교 운동장을 뛰기 시작했다. 초등학생 때 100미터 달리기를 하면 제일 마지막에 들어왔다. 열심히 공부해도 체육 시험점수가 가장 낮았다. 그래도 악착같이 틈날 때마다 연습했고, 따라서 체력이 좋아졌다. 연습하면 될 것이란 확신이 있었다. 걱정되는 것은 키였다. 그 당시 기준이었던 155cm를 간신히 넘겼고, 시력이 나빠 신체검사는 정밀검사까지 받게 되었다. 임관 전 라식 수술을 통해 시력 교정을 받았다.

국어, 영어, 수학 1차 시험 합격 발표 후 2차 시험으로 신체검사, 체력검정, 면접이 있었다. 각 사관학교의 기출문제를 다 풀어봤는데도 시험날 긴장을 많이 했다. 평소 긴장을 푸는 연습도 필요하고 느꼈다.
MMPI라는 검사를 했고 2차 면접을 보는데, 면접관이 족집게처럼 내 성향을 짚어냈다. "학생은 드라마를 보면 많이 울겠어요. 아픈 환자들을 보면 같이 울 것 같은데, 간호할 수 있겠어요?"라고 질문을 받았다. 드라마를 보며 운다는 것은 공감을 잘하기 때문이고, 아픔을 이해하는 것이니 따뜻하게 잘 돌볼 수 있다고 대답했다. 공과 사를 뚜렷하게 구분한다고 나름 당차게 대답했다. 문제는 복장이었다. 학생다운 복장이 좋은 이미지를 줄 것 같아 교복을 입었는데, 교복 재킷을 챙겨가지 못했다. 생각보다 바람이 찼고, 임시로 부모님이 사준 카디건을 입었다가 지적을 받았다. "교복이 아닌 사복 카디건을 입었네요?" 입학하고 알았지만, 혼합복장에 대해 엄격했다. 깔끔하게 입는다고 교복을 입었으나 면접관의 눈에는 혼합복장이었던 거다.
간호가 무엇이냐는 질문에 당황했다. 군인이 되고 싶어 지원했기에 간호를 전공한다는 것이 당혹스러웠는데, 생각지 못한 질문을 받은 것이다. 후에 돌봄(care)이라는 간호의 진정한 의미를 알게 되었지만, 학교에 대한 정보도 없이 면접을 봤다는 것이 후회되었다. 발표날까지 얼마나 떨었는지 아직도 생생하다. 지금은 새로운 학교 보건교사로 지원할 때마다 학교 홈페이지를 샅샅이 살핀다. 학교 소개를 읽으면 그 안에 정보가 다 있다. 학교장 인사말부터 연혁, 현황, 상징, 교육목표까지 빠짐없이 읽는다.

국군간호사관학교 마크에 있는 동그라미는 인류애, 사랑의 실천을 나타낸다. 지팡이는 의료의 상징을, 뱀은 지혜의 상징으로 진리의 탐구를 표현한 것이다. 학교의 상징색은 생명의 존엄과 고귀한 위엄을 나타내는 자주색이다.
간호장교는 사랑을 실천하고 생명을 존엄하게 여기며, 지혜를 가지고 진리를 탐구해야 하는 사람이다. 또한 '위국헌신 군인본분', 나라가 위급할 때 목숨을 바칠 수 있는 정신을 갖추어야 하는 사람이다.

사스, 신종플루, 메르스를 겪으며 감염병 위기마다 잘 대비했지만, 2020년 코로나19 바이러스 감염병 환자가 급증했을 때는 온 나라가 술렁였다. 감염병에 대처할 의료진이 부족해서, 막 임관한 소위들이 파견되었다. 임상경험이 없는 새내기 간호사였다. 그러나 군인이기에 어린 소위들은 나라의 명을 받들었다.

간호장교가 되고 싶은가?

간호장교가 되는 방법은 국군간호사관학교를 입학하거나 간호대학 졸업 후 (간호사 면허 획득 후) 간호장교(학사사관) 후보생으로 지원하는 것이다. 예전에는 남자 간호장교는 후보생으로 지원하는 것만 가능했으나, 현재는 국군간호사관학교도 남생도들을 모집한다.

중요한 것은 '어떤 마음으로 지원하는가?' 이다.

아이들에게 좋아하는 일을 하라고 이야기한다. 좋아하는 것을 잘 모르겠으면 평소 관심이 있거나 잘하는 것을 하라고 말한다. 그러나 간호장교는 타인을 사랑하는 마음이 중요하며, 나라를 사랑하는 마음이 중요하다. 인류애와 애국심으로 지원하길 바란다. 우리나라는 아직 분단국가이다. 간호장교는 재난상황에 가장 먼저 나아가야 할 사람들이다. 4년의 사관학교 생활은 고등학교를 갓 졸업하고 부모님 품을 떠나 처음 독립한 세상으론 그리 따뜻하지 않았다. 대학생이 되었으나 군대였다. 정해진 시간에 맞춰 기상하고 식사를 하고, 간호 전공과 더불어 군사학을 전공한다. 새벽에 구보(뜀뛰기)를 하고 하계, 동계 군사훈련을 받는다. 멀리서 걸어오는 선배에게 '충성'을 외치며 위계질서를 배운다. 게다가 간호사로서 아픈 환자들을 돌보는 간호 기술과 돌봄 정신을 배운다. 부드러움과 강함을 두루 갖추어야 하는 이가 간호장교다.

쉬운 길이 어디 있겠는가. 그러나 수많은 병과 중에 간호병과는 작다. 사관학교 4년의 생활을 이겨내고 국가고시를 통과해야 소위로 임관할 수 있다. 소위로 임관할 때 육군, 해군, 공군으로 분류되어 배치된다. 대부분은 육군 간호장교로 임관한다. 임관 후에는 소수만이 주특기(수술, 마취, 정신과, 중환자 등) 교육을 받고, 그중에서도 일부가 장기 지원하여 남을 수 있다. 그런 교육이나 장기 지원이 전부는 아니지만, 간호장교의 TO(일정한 규정으로 정한 인원)이 적다는 사실을 알고 지원하길 바란다.

전역 후에는 다양한 간호 관련 직종에 종사할 수 있다. 보건소, 보건직 공무원, 건강보험공단, 심평원, 보험심사 간호사, 보건교사, 병원 간호사, 요양원(운영), 특성화고등학교, 간호학원 등 간호사 면허증이 있으면 간호와 관련된 원하는 일을 할 수 있다. 다만, 보건교사는 교직을 이수해야 할 수 있다.

거의 2년마다 이동했다. 병원 근무도 하지만, 해외 파병이나 교육기관으로 갈 수도 있다. 나도 서부 사하라 평화유지군으로 파병을 다녀왔다. 요즘은 전방 부대 의무과장 등으로도 근무한다.

면접관이 지원동기를 물어봤을 때는 군인인 아버지가 늘 말씀하셨던 명예와 가족과 국민을 지키는 군인이 되고 싶은 마음을 강하게 표명했다. 지금은 보건교사로서 학생들의 몸과 마음을 돌보고 질병을 예방하며 학생 스스로 건강관리 능력을 키우도록 교육에 힘쓰고 있다. 건강한 몸에서 건강한 정신이, 건강한 마음에서 건강한 몸이 지켜진다고 생각한다. 현재는 현역은 아니지만, 인류애와 애국심으로 우리나라의 미래인 학생들의 건강지킴이로 일할 수 있는 것이 감사하다.

조용히 나이팅게일 선서문을 읊조려 본다.

"나의 간호를 받는 사람들의 안녕을 위하여 헌신하겠습니다."

08

한수진

따라 하기! 그렇지만 나만의 속도로!

배를 타고 태평양 한가운데에 있다고 하자. 밤낮으로 쉬지 않고 갔는데 육지에 닿아보니, 가고자 한 곳이 아니다. 다시 출발해 또 쉬지 않고 간다. 이번에도 아니다. 또 간다. 또 아니다……

내 삶이 그랬던 것 같다. '내 인생에 이것만은 반드시 이루겠다!' 라는 것이 없이, 무작정 열심히만 살았다. 미래에 대해 구체적인 계획이 없었다. 그저 막연했다. '열심히 직장에 다니다 보면 돈이 쌓이겠지. 아이들은 잘 자라서 각자 하고 싶은 일을 하며 행복하게 살 거야. 퇴직 후에는 연금을 받으며 남편이랑 편안하게 노후를 보내겠지.' 내 인생은 어쨌거나 해피엔딩일 거라고 생각하며 살았다.

퇴직하고 나서 알았다. 성공하는 사람들은 다르다는 것을. 목적지를 정하고 그 방향으로 가면 원하는 곳에 도착하듯 인생도 목적지를 정해야 하는 것이었다. 그 목적지가 바로 '사명' 이다. 사명을 정한 후에, 10년 단위로 '평생계획' 을 하고, 그걸 바탕으로 '연간계획' 을 세운다. 그것을 '월간계획' 으로, 또 '주간계획' 으로 배분한다. 그리고 계획에 따라 하나씩 실행해 가면 사명, 즉 내 인생의 목적지에 가까워질 수 있게 되는 것이었다.

나는 꽤 '열심히' 살았었다. 공부도 열심히, 일도 열심히. 그런데 방향을 정하지 않고 멀리 나아가는 것은 돌아와야 할 길을 더 멀게 만들 수도 있다는 사실을 나이 마흔이 되어 알게 되었다.
내가 원하는 삶의 방향을 정하고, 그 분야에서 내가 닮고 싶은 롤 모델을 정했다. 그리고 최대한 그 사람의 방법을 따라 해 보기로 했다. 사업에서 성공을 거둔 사람, 강사로서 닮고 싶은 사람, 마케팅을 잘하는 사람, 시간관리를 잘하는 사람, 일과 자녀 양육을 모두 잘 해낸 사람, 주변에 좋은 사람들이 모이는 사람, 기부 등 타인을 잘 돕는 사람 등 분야별로 닮고 싶은 사람이 있다. 분야를 더 작게 나누어 마케팅의 경우에는 유튜브 마케팅, 인스타 마케팅, 블로그 마케팅 영역에서 각각 닮고 싶은 사람이 있다. 롤 모델이 여러 명이 있는 분야도 있다.
롤 모델을 정하고부터 그가 이룬 업적이 나의 가슴 뛰는 비전이 되었다. 에드먼드 힐러리와 텐징 노르가이가 에베레스트산 정상에 최초 등정한 이후, 전 세계 많은 산악인이 에베레스트산 등반을 설레는 목표로 삼은 것처럼. 롤 모델의 경험이 가이드라인이 되어 나를 지름길로 안내한다. 중요한 선택의 갈림길에서 '그 사람이라면 어떻게 했을까?'를 생각하면 좀 더 나은 판단을 할 수 있다. 시행착오를 줄여주고, 시간을 절약해 주는 그들이 참 감사하다.

'타인을 돕는 선한 일인가?' 어떤 선택을 할 때 나 자신에게 던지는 질문이다. 롤 모델을 통해 배운 것이다. 사람들은 대부분 돈을 많이 버는 직업을 선호한다. 어떻게 더 많은 돈을 벌 수 있을지 고민한다. 그런데 돈을 얼마나 벌고 싶은지 물으면 '많을수록 좋다'거나 '가족이 적당히 쓸 만큼'이라고 대답하는 사람이 많다. 원하는 만큼 갖게 되면 무엇을 할지 물으면 "글쎄요."라고 운을 떼는 사람이 많다.
강의와 코칭을 하면서 꿈 리스트를 적어보게 하면 대부분 처음에는 자신과 가족을 위한 것들을 적는다. 자기 영향력의 범위를 가족까지로 한정 지어 생각한다. '가족이 적당히 쓸 만큼' 돈을 벌고 싶다고 답한 사람들은 그 이상의 돈을 원하는 것이 과욕이라고 생각하는 것 같다.

롤 모델에게 배운 또 한 가지는, 수입의 최소 1%를 기부하는 것이다. 예전에는 언젠가 돈을 많이 벌면 어려운 사람들을 돕겠다고 생각했지만, 살아가면서 돈 쓸 일은 차고 넘치기에 지금이 아니면 나중은 없다는 것을 깨닫게 되었다. 2014년부터 기부를 이어오고 있다. 아직은 미미한 수준이지만, 수입이 늘어나면 기부 금액도 비례해서 늘릴 것이다. 선한 일을 해서 돈을 벌고, 선한 일을 위해 쓰기로 다짐했다. 돈을 많이 벌어서 배움의 기회가 없는 사람들에게 학교와 도서관을 지어주고 싶다. 소외된 이들의 퍽퍽한 삶에 희망 한 조각을 나누어 주고 싶다. 그래서 나는 1천억 자산가를 꿈꾸게 되었다.

성공한 사람들이 걸어온 이야기를 들어 보면, '저렇게 하는데 성공하지 않을 수가 없었겠다.' 라고 생각이 들 때가 많다. 내가 존경하는 한 강사는 두 시간 전에 강의장에 도착해서 수강생들의 자리를 깨끗하게 닦고, 모든 준비를 여유 있게 마친 후에 기분 좋은 상태로 수강생을 맞이한다. 강의 내용도 좋은데, 재미

있기까지 하다. 지루하지 않도록 유머까지도 철저하게 준비하는 것이다. 사비를 들여서 수강생에게 줄 선물도 준비한다. 강의도 철저히 준비해서 시간을 맞춰서 끝낸다. 강의가 끝나고 나서는 수강생에게 강의 시간에 찍은 사진과 함께 잘 돌아가라는 메시지를 보낸다. 기업의 교육 담당자에게도 교육 기회를 주어 감사하다는 인사 메시지를 보낸다. 내가 교육 담당자라면 다음에 또 이 강사를 초빙하고 싶을 것이다. 즉, '성공할 수밖에 없게끔' 행동한 사람들이 당연히 성공했다. 이런 행동들을 따라 하면 나도 그들처럼 성장할 수 있을 거라는 강한 믿음이 생겼다. 더 많은 사람의 성공담이 궁금해졌다. 그래서 열심히 책을 읽고, 영상을 찾아보게 되었다.

자기 계발을 시작했을 때 성공한 사람들의 습관을 따라 하기 위해 새벽 네 시에 기상했다. 명상이 좋다고 해서 명상을 하고, 독서, 운동, 감사 일기 작성도 했다. 뿌듯하고 기분이 좋았다. 그런데 몸은 피곤했다. 강의 준비를 하다가 새벽 열두 시, 한 시에 잠이 들어도 네 시에 일어났다. 두 달째 되었을 때인가 병이 났다. 잠이 너무 부족해서 몸이 견디지 못한 것이다. 며칠 아프고 나니 서서히 회복되었지만, 그동안 힘들게 해 왔던 루

틴들이 깨져 부정적인 감정이 마구 올라왔다. 남들은 다 잘하고 있는 것 같은데, 나만 몸이 따라주지 않는 것 같고, 뒤처지는 느낌이 들었다. 그때는 누군가 힘내라고 해주는 말에도 감사한 마음이 들지 않고, 삐딱하게만 들렸다. '되는 일이 하나도 없네!'

그러던 어느 날, 나의 코치였던 3P자기경영연구소의 이재덕 마스터 코치가 "출발선이 각자 달라요. 코치과정 동기들이 같은 출발선에서 출발한 것 같지만, 사실은 그렇지 않아요."라고 말했다. 생각해 보니 그랬다. 나는 이제 시작해 겨우 몇 걸음 뗀 상태였지만, 다른 사람들은 한참 전에 출발해 보이지도 않게 멀리 있었던 것이다. 각자 달리고 있던 위치가 다른 상태에서 코치과정을 시작했던 것이다. 그 사실을 깨닫고 마음이 편해졌다.

'조급해하지 말자. 나는 이제 출발했고, 지금부터 한 걸음씩 나아가면 된다. 나만의 속도로. 남과 비교하지 말고 나만의 속도로 끈기 있게 나아가자.' 내가 한 단계 성장한 순간이었다.

05

나의 일을 사랑하기로 했다

01

강은숙

이제야 웃는다

나는 신문 광고를 보고 처음 지원한 회사에 합격했다. 1991년 12월 19일이 나의 첫 사회생활이다. 서류 받으러 한 번, 서류 제출하러 한 번, 면접으로 한 번, 정식 직원이 되어 네 번째 가는 발걸음은 설레고 긴장됐다. TV에서 봤던 장면들이 내 앞에 그려졌다. 흰색 와이셔츠에 넥타이를 매고 분주하게 일하는 사람들, 유니폼을 입고 책상에 앉아 무언가 하는 여직원들, 영어로 통화하고, 삼삼오오 모여 회의하고, 몸집도 크고 얼굴에 털도 많은 외국인도 보였다. 나는 수출하는 무역업무 서류를 담당했다. 모든 서류는 영어로 되어있었다. 일을 잘하고 싶어 새벽에 영어학원을 다녔다. 업무에 점점 익숙해지며 자연스럽게 부서 사람들과도 친하게 지냈다. 회식도 자주 했다. 부서 분위기는 여름휴가도 가족들과 다 같이 갈 정도로 좋았다. 토요일이면 퇴근 후 바다낚시, 등산, 스키장 등 야유회도 자주 갔다. 부장은 여직원들 복지로 국내 여행도 보내줬다. 어릴 적 휴가를 가보지 못했던 나는 많은 것을 경험할 수 있었다. 첫 직장의 사회생활이 나의 삶에 많은 밑거름이 되었다.

두 번째 직업으로 어린이집 교사를 하며 우여곡절이 많았지만 그만두지 못하고 이 일을 계속하고 있다. 일하면서 좀 더 실력 있는 교사가 되고 싶었다. 부족한 이론을 배우기 위해 대학원을 다녔다. 대학원을 졸업하면 이제 공부는 끝이라 생각했다. 그런데 사람은 자아실현의 욕구가 가장 크다고 했던가. 나는 또 다른 공부를 찾아 헤맸다. 전공을 살려 박사학위를 받기 위해 등록했다가 등록금을 환급했다. 일하면서 박사 논문을 쓴다는 것은 내겐 욕심이었다. 재미있게 할 수 있는 또 다른 일을 찾고 싶었다. 환경을 바꿔 보기로 했다. 새롭게 독서모임에 참여했다. 독서모임 통해 새벽 기상을 하고, 아침 운동을 하고, 미니멀을 실천하는 등 작은 변화들이 일어났다. 책을 읽고 적용하니 관점들이 바뀌기 시작했다.

육아서를 읽고 아이들 행동에 이해하는 부분이 늘어갔다. 책을 읽다 보니 일에 신조도 생겼다. 아이와 일상을 보내면서, '웃들안믿기' 를 외친다. 어떤 책에서 봤는지 정확히 기억이 없다. '웃어주고, 들어주고, 안아주고, 믿어주고, 기다려주기' 이다. 문장을 외우기 위해 앞 글자만 따서 '웃들안믿기' 로 외웠다. 이런 마음으로 아이들을 바라보니 아이들의 눈빛들이 살아 움직였다.

아이 눈을 마주 보며 웃는다. 호기심 가득한 깐만 눈동자를 바라보면 눈빛이 얼마나 사랑스러운지. 미소가 절로 지어진다. 말 못 하는 아이들이 몸짓, 표정이나 울음으로 표현하는 것까지 민감하게 반응하며 도움을 준다. 편안하게 사랑받고 있음을 느끼도록 자주 안아준다. 심리학자 해리 할로우의 '원숭이 실험' 이 있다. 새끼원숭이들에게 철사인형과 헝겊인형 중 어느 쪽에 많이 있는가 하는 실험이다. 실험한 결과 철사인형이 젖병을 가지고 있더라도 헝겊인형에게 더 많이 지낸다는 것을 발견했다. 우유 먹을 때만 철사인형에게 간다. 이렇듯 아이는 따듯한 스킨십이 애착 형성에 큰 영향을 미친다. 엄마가 전부였던 세상에, 사회에서 만난 첫 선생님으로, 세상은 따듯한 곳이라는 것을 알려주고 싶다. 엉뚱한 행동을 해도 발달 시기에 나타날 수 있는 행동으로 이해하며 믿어준다. 아이가 스스로 할 수 있도록 발달에 맞게 알려준다. 발달과 더불어 스스로 조절이 될 때까지 무한 반복하며 기다려준다. 밥을 먹고 나면 손을 씻으려 하고, 양치하려 하고, 휴지를 휴지통에 버린다. 1년을 같이 보내는 사이 훌쩍 큰 아이들을 보면 흐뭇하고 신기할 따름이다.

파트너 교사가 '선생님은 일하면서 사명이 있어요?' 라고 물었다. '정서적 안정을 최고로 생각하며 일해요.' 라고 나는 대답했다. 엄마와 함께 애착 관계를 잘 형성해야 커서도 안정된 생활을 할 수 있다. 애착 형성이 잘 못 되었을 때 생기는 문제는 여러 가지가 있다. 성인이 되어 사회생활에 적응 못 하는 사람들이 상담받는 경우 어릴 적 부모와 애착 관계가 원인이 되는 경우를 종종 본다. 사람은 불안하면 아무것도 할 수 없다고 생각한다. 잘하던 것도 긴장하면 제대로 실력 발휘를 할 수 없다. 돈이 많아도, 원하는 것을 하며 살 수 있어도, 마음이 불안하면 모든 것이 힘들다. 마음의 안정, 정서적 안정은 어릴 때 양육자와의 관계에서 많은 영향을 받는다. 어린이집에서 생활하면서 아이들의 작은 행동 하나하나 따뜻한 시선으로 바라본다. 실수

하더라도 다시 할 수 있는 격려의 말을, 넘어져도 다시 일어날 수 있게 도움을 주고, 아이의 행동에 민감하게 반응한다. 위험한 상황과 안 되는 행동은 한계를 설정해 준다. 일이 힘들고 지칠 때 마음속으로 외친다. '웃들안믿기', '정서적 안정'을 최고로 삼으며 즐겁게 일하려고 노력한다.

아이들과 함께 지내면서 가끔 아이들 노는 모습에서 세상을 본다. 장난감 한 개를 놓고 울고불고 싸운다. 바로 옆에는 더 좋은 놀잇감도 많은데 친구 놀잇감에 관심을 보이며 욕심을 부린다. 지금 하는 일들이 전부는 아니다. 그만두면 다른 세상이 펼쳐질 수도 있는데, 익숙한 환경에 젖어 매달 나오는 달콤한 급여를 포기 못 하는 내 모습 같아 피식 웃기도 한다. 밀고 때리며 울었던 아이들, 뒤돌아서면 언제 싸웠는지, 서로 마주 보고 웃는 아이들을 본다. 일하다 보면 불편한 감정이 들 때가 있다. 한동안 스트레스를 받으며 신경이 쓰인다. 뒤돌아서면 잊어버리는 아이들처럼 근심하지 않고 사과할 건 사과하고 훌훌 털어버리는 여유를 갖고 싶다. 아이들처럼 단순하게 살고 싶다.

지금까지 나는 여러 곳에서 직장생활을 하였다. 취업은 했지만, 적응까지 힘들었다. 사회초년생인 나를 잘 챙겨줬던 부서 사람들, 이 직업을 시작할 때 '천직' 이라고 나를 붙잡아준 미술 학원 원장, 꼭 한 번은 뵙고 싶다. 버티고 적응하다 보니 익숙해졌다. 익숙해지니 부족한 점이 보였고 부족한 것을 채워나갔다. 잘 살고 싶었다. 책을 읽었다. 꾸준한 책 읽기를 통해 공저 《리딩퍼포먼스》, 《365일 온전히 나로 살아가기》전자책 작가가 됐다. 올해는 '오디오펍' 에서 북내레이터로 활동 예정이다. 지금까지 여러 경험을 하며 성장하고 있다. 쉬운 일은 없었지만 매일 하다 보면 어려웠던 것도 점점 쉬워짐을 배워간다. 일과 삶을 사랑하는 나는 이제야 웃는다.

02

김단비

책과 함께 하는 독서코칭의 삶을 사랑하기로 했다

꿈에 대해 발표하는 시간이 있었다. '이 나이에 무슨 꿈을 꾸면서 살아가면 좋을까?' 며칠을 고민했다. 생각해 보면 나는 꿈이 많은 여자다. 매년 꿈 리스트를 100~200개 정도 작성한다. 이룬 것들을 표시하면서 매년 12월을 보낸다. 그 많은 꿈 속에서 '진짜로 내가 원하는 꿈은 무엇일까?' 생각해 보았다. '내가 60대 할머니가 되어서 무얼 하고 있을까?' 그때도 도서관에 마실 나가면서 해가 질 때까지 책을 읽고 주변 할머니들과 책 수다를 떨면서 살고 싶다고 생각했다.

독서코칭이라는 직업을 가지고 나서 직업이라는 생각을 하지 않았다. 많은 사람들과 만나서 책 수다를 떨고 즐겁게 한바탕 노는 시간이라 여겼다. 더 즐겁게 놀기 위해서 더 깊이 읽고, 많이 읽어서 좋은 책을 골라내 좋은 책을 즐겁게 수다 떠는 일이라고 항상 생각했다.

좋아하는 애니메이션 중에 '책벌레 공주'가 있다. 여자 주인공은 곧 왕이 될 왕자님 옆 소파에 앉아 책만 읽는다. 그러다가 주변에 문제점들을 읽은 책을 통해서 해결해 준다. 그렇게 왕비의 면모를 갖추어 가는 모습을 그리고 있다. 넓은 서재를 가지며 계속 책만 읽는데도 공주 생활을 하는 그 모습이 너무 부러웠다. 책을 많이 소유하고 읽는 걸 어릴 때 자랑으로 여겼다. 그것보다는 책을 읽고 깨달은 지혜로 그 지혜들이 있어야 하는 사람들을 도와줄 수 있음에 감사하면서 사는 일이 더 중요하단 걸 알게 되었다. 책벌레 공주 또한 책에서 배운 지혜들을 친구나 나라가 힘들 때 새로운 생각으로 해결해 가는 모습이 아름다워 보였다. 그때부터 책벌레 공주가 되고 싶다고 생각했다.

60대 할머니가 되어서도 책벌레 공주처럼 살아가는 삶 이것이 나의 꿈이다. 내가 읽은 책들이 누군가에게 도움이 되고 싶다. 독서가 힘든 사람들, 위로받고 싶을 때 어떤 책을 읽어야 할지, 고민이 있을 때 어떤 책이 해결책을 가져다줄지 이런 걸 도와주고 싶다.

이 꿈을 실현하기 위해서 지금부터 열심히 책을 읽고 수업을 준비한다. 지금은 어린이들을 주로 대상으로 하고 있지만 나와 만나는 모든 이들에게 도움을 주고 싶다. 이렇게 만든 수업을 늘려가면서 독서코칭 전문가로 살아가는 게 나의 목표이다.

무남독녀 외동딸이어서 책이 유일한 친구였다. 그러다 보니 독서는 나의 모든 것이 되었다. 그런 삶을 모든 사람이 산다고 생각했었다. 그러나 자라면서 만난 사람 중에 독서를 싫어하고 두려워하는 분들이 많았다. 친구 중에도 매일 나만 만나면 책 읽어야 하는데 책을 읽으면 좋은 건 아는데 읽기가 두렵다고 말하는 친구가 있다. 그 친구에게 어떤 책들을 주면 좋아할까 싶어서 좋아하는 그림책을 선물로 주었다. 어느 날 친구 집에 가보니 내가 준 책은 책장 꼭대기에 꽂혀서 먼지만 쌓여있었다. 그때 친구에게 그 책을 꺼내서 읽어주었다. 아이들에게 책을 읽어주듯이 그림을 하나하나 짚어주면서 질문도 하면서 책을 10여 분 읽어주니 이 책이 그렇게 재미있는 책이었냐고 친구가 물었다. 책 선물을 받은 날 쓱 보았는데 '음 좋네' 하고 책을 책꽂이에 넣었다고 하였다. 그림작가가 그림을 어떤 생각으로 그렸을까? 글 작가는 어떤 말을 하고 싶어서 글을 썼을까 생각하면서 책을 읽은 적이 없다고 말해주었다. 아! 책을 즐겁게 읽는 데도 도움이 필요한 사람이 많겠다고 그때 생각이 들었다.

독서코칭이라는 직업을 가지고 나서 좋은 점은 미술관에 갔을 때 예술작품들을 유심히 그리고 자세히 관찰하는 습관이 생겼다. 전시회에 걸려 있는 이 그림을 그리면서 작가는 무슨 생각을 하였을까? 제목은 왜 이렇게 적었을까? 나름 추측도 하고 도슨트도 신청하여서 도슨트의 설명도 곰곰이 생각해 보고 나만의 생각을 추가해서 항상 글을 적어놓는다. 미술관에서 파는 비싼 도록들을 예전에는 그냥 모으기만 했는데 이 직업을 가지고 나서는 도록들도 꼼꼼히 읽고 나서 수업하는 친구들에게 소개해주기도 한다. 그렇게 좋은 작품들을 누군가에게 알려주는 역할이 나의 직업이라고 생각하니 직업에 대한 자존감이 높아진다.

독서코칭을 내가 살고 있는 포항에서만 하다가 독서모임으로 만난 분들의 요청으로 온라인 수업을 시작하였다. 2년째 진행하고 있다. 전국에서 만나는 친구들을 보면 토요일 오전이라는 이 시간에 얼마나 잠을 자고 싶을까? 하는 생각이 든다. 금요일 늦은 밤까지 게임을 하다가도 수업 때 앉아서 웃으며 책 토론하는 아이들을 보면 사랑스럽다. 그래서 항상 아이들에게 "이 시간에 다른 친구들은 자고 있어. 토론하려고 모인 너희들은 대단해. 너희들은 꼭 꿈을 이룰 자격이 있어"라고 말한다. 그리고 잠을 아껴가며 온라인 수업을 하는 아이들을 위해서 또 열심히 연구한다. 그 수업을 재미있고 알차게 보내기 위해서 수업이 시작하기 전까지 책을 읽고 또 읽고 수업에 참여한다. 하나라도 아이들이 더 책에 대해서 말할 수 있도록 도와주기 위해 노력하는 나의 모습에 나도 깜짝 놀란다. 아마 고등학생 때 이렇게 공부했으면 더 좋은 대학에 갔겠지, 이렇게 나를 만든 건 아마 아이들이 아닐까 싶다.

어른들과 함께하는 온라인 토론 모임은 전 세계에서 모인다. 목요일 저녁 8시가 되면 호주, 영국, 한국에서 모여 독서토론을 한다. 여기는 밤 8시지만 영국은 9시간 차이가 나서 낮이다. 노천카페에서 카메라를 켜고 토론하는데 배경 화면만 보아도 내가 영국에 있는 느낌이다. 전 세계에서 카메라를 켜 고전으로 여행을 떠난다. 고전을 깊이 읽고 토론하면서 알지 못하는 세계를 알아가는 기쁨을 얻을 수 있다.
어른들과의 수업은 독서모임의 형태로 유지하거나 내가 읽은 동양고전들을 브리핑하면서 수업을 진행한다. 25살 때 사서삼경을 깊이 읽고 싶어서 사서삼경의 대가라는 분은 다 인터뷰하면서 읽었다. 무엇보다 시중에 나와 있는 주석은 다 찾아서 읽고 정리하고 지금도 매일 읽으며 생각들을 정리한다. 이 모든 것들을 모아서 매일 읽고 필사하는 모임을 만들어 진행한다. 독서로 성장하기를 바라며 수업을 하지만 내가 더 성장하고 있다는 느낌이 든다. 토론을 준비하기 위해 매일 읽고 쓰는 삶을 살고 있다. 이렇게 매일 행복하게 살아가는 게 꿈이 되었다.

지금은 아이들과의 수업이 어른들과 하는 수업보다 2배 많다. 장난기가 많고 아이들의 순수한 마음에 동화가 되어서 아이들과의 수업이 조금 더 재미있다. 반대 급수로 어른들과 하는 수업은 많은 것을 배우기도 하고 깊이 있는 생각을 만들어준다. 그 양쪽 수업의 균형을 가지고 싶다. 몇몇 어른들과의 수업은 고전 문학을 깊이 읽고 생각의 다름을 깨닫게 해 준다. 내가 도와드리는 부분은 잘못 읽거나 다른 방향으로 토론이 새어 나갈 때 주의해 주는 게 대부분이다.

철학책을 토론할 때는 함께 머리를 싸매면서 작가의 생각들을 읽는다. 지끈한 두통과 함께 카타르시스를 함께 느낀다. 그러고 나면 그 책은 한동안 나의 인생 책이 되어서 많은 사람에게 추천하면서 다닌다. 아직 30대 중반인 나에게 독서코칭을 받는 걸 싫어하는 분들도 많다. 이 일에 대해 상담해 보면 좀 더 나이가 들어서 수업을 늘려 가는 게 좋다는 평이 많았다. 인생의 경험이 어쩌면 책을 몇 권 더 읽은 것보다 크다는 걸 토론하면서 느낀다.
하지만 경청하는 자세로 토론을 이끌면서 2시간의 토론 시간을 알차게 보내려고 뒤에서 노를 저어주는 역할로 일임하고 있다. 그렇게 몇 년을 진행하다 보니 함께 하는 분들이 나의 모임을 인정해 주기 시작했다. 분명 다양한 곳에서 활동하는 분들이 책으로 함께 모인다. 누구나 앞장설 수 있다. 그렇기에 내 역할은 뒤에서 그분들이 책 이야기를 실컷 할 수 있도록 돕는 일이다. 그것이 독서코칭의 역할이라 생각이 들었고 그렇게 이어가고 있다.

낮은 자의 자세를 갖는 건 아이들에게 배웠다. 서로 배우면서 책을 통해 살아가는 삶. 꼭 평생 살아가고 싶다. 책과 함께하는 삶은 가치가 있다. 계속해서 읽고 쓰면서 나를 성장시킨다. 더불어 나와 함께 독서모임을 하는 분들도 성장시킨다. 매력적이다. 내가 본 애니메이션 '책벌레 공주' 처럼 독서로 배운 지혜들이 많은 사람의 꿈에 도움이 되길 바라며 매일 독서하고 글을 쓰는 삶을 살고 있다.

03

김상미

배움으로 가는 여정

처음 일을 시작했던 연구소에서 표준의 정확한 수치를 측정하기 위해 알코올 소독 일을 하였습니다. 그리고 이어지는 두 번째 일은 아이들을 가르치는 학습지 교사였습니다. 그중 전단지를 붙이다가 아파트 경비실 아저씨에게 붙들린 적도 있었습니다. 이후 주차장 방지턱에 다리가 걸려 사 주 동안 깁스를 한 적도 있었습니다. 그로 인해 수업하지 못하게 되어 주위에 계신 분들이 저를 도와 수업을 대신해 주셨습니다. 이것으로 끝났지 않았습니다. 절망은 계속되어 세상에 태어나 처음으로 항문 외과를 가보게 되는 경험을 하게 되었습니다. 의사 선생님의 외향성 치루라는 병명을 듣고 어안이 벙벙했지만 정신을 차리고 보니 수술대에 올라가 있었습니다. 주말 잠깐의 시간 동안 수술과 회복을 하며 이후 돌아오는 월요일에는 바로 수업을 다녔습니다. 수업이 힘들었지만, 다행스럽게도 그 때가 겨울인지라 손목에 무통 주사를 맞으면서 외투 주머니에 무통 주사약을 넣고 수업을 다녔었습니다. 힘들다고 생각하면 힘든 상황일 수도 있지만, 지나가는 시간 동안 힘듦 속에서도 일이 좋아서 지금까지 할 수 있었습니다. 저에게 포기의 선택권은 없었기에 도전을 선택하였습니다. 그렇기에 제 선택에 맞도록 노력하였습니다. 도전과 함께하는 최선의 노력이 지금의 저를 있게 하였습니다.

회사가 추구하는 가치와 함께하는 사람들이 있기에 일을 지속하였습니다. 그렇게 한 직장에서 15년을 지속해 일할 수 있었던 이유를 세 가지로 나누어 이야기해보고자 합니다.
첫째, 회사의 투자입니다. 제가 속한 회사는 빠르게 변화하는 시대에서 세상의 흐름과 함께 제품의 사양을 높이고자 투자를 지속하는 곳이었습니다. 그것을 통하여 고객들이 어느 회사보다 빠르게 새로운 경험을 할 수 있도록 해주었습니다. 그래서 회사의 콘텐츠가 변화되면 타 회사들도 이어서 변화하는 현상들이 생긴 적도 있었습니다. 둘째, 일에서 느껴지는 보람입니다. 보람은 눈에 보이지 않습니다. 제 일이 타인에게 도움을 드리는 것이기에 그들을 돕고, 그들에게 감사의 표현을 듣는 것 만큼 저를 힘 나게 하는 건 없었습니다. 따뜻한 말 한마디에 뿌듯함이 쌓였고 그것으로 충분했습니다. 셋째, 회사가 가지고 가는 가치입니다. 가치가 있기에 회사가 발전을 추구하며, 한 방향을 바라보며 모든 사람이 가치를 부르짖습니다. 그 덕분에 일하는 사람들이 본인의 일에 자부심을 느끼게 됩니다. 회사가 가치를 잡고 가는 것처럼 자신도 스스로가 가지고 있는 가치에 자부심을 느낀다면 어떠한 역경도 이겨낼 수 있습니다. 위의 세 가지 이유로 15년의 회사 생활을 지속할 수 있었습니다. 한 회사에서 무조건 오랫동안 일한다는 건 정답이 아닙니다. 빠르게 변화하는 요즘 세상은 한 곳보다는 여러 회사에서의 경험을 추구합니다. 경험뿐 아니라 본인에게 불합리하다는 생각이 들면 회사를 옮기고자 하는 성향이 큽니다. 또, 야근하거나 퇴근 이후 연락을 하는 행위 등을 싫어하여 회사를 이동하는 일도 많습니다. 현시대의 방법이 맞는지 틀리는지 섣부르게 판단하는 건 아닌 것 같습니다. 정답만을 추구하는 것이 아니라 나에게 맞는 것을 찾는 것이 정답이 되는 것 같습니다. 저는 이곳에서 저에게 맞는 것을 찾았기에 지금까지 있을 수 있었습니다. 이것이 제가 하는 일에 대한 신뢰이며, 사랑이었습니다.

혹시 지금까지도 여러 가지 고민으로 가득하신가요? 그렇다면 다시 원점으로 돌아가 얘기드려보겠습니다. 살아가면서 저에게 주어진 기회를 잡으면서 경험하였습니다. 그리고 일을 시작하였습니다. 이러한 생각들과 여러 가지 고민이 드는 건 어쩌면 당연한 일입니다. 저 또한 고민만 하면서 시간을 보내지 않았습니다. 고민하면서 최선을 선택하고자 하였습니다. 그 최선이 그때의 나에게 최선이었지만, 이후 아니었던 적도 있습니다. 그렇지만 내가 선택한 것이기에 최선이 되도록 만들고자 하였습니다. 나의 선택이 맞도록 최선을 다하는 것 또한 저의 선택입니다. 맞는 선택이 되도록 노력해 보고 그 일이 나에게 맞지 않으면 그때 포기하였습니다. 그렇게 포기하였다고 늦어지는 건 아니었습니다. 그것을 통해 배움이 있고 경험을 쌓았으니 그것으로 괜찮았습니다.

저에게 직업은 삶을 지탱하는 나무입니다. 나무는 자라나는데, 물과 햇빛이 필요합니다. 그리고 자양분을 얻음으로써 위로, 옆으로 뻗어 나가며 자라게 됩니다. 그곳에 있는 나뭇가지에는 썩은 가지와 단단한 가지가 생기게 됩니다. 선택권이 주어진다면 누구나 단단한 가지를 선택합니다. 단단한 가지는 내가 나아가는 데 힘이 되어 줍니다. 그렇지만 썩은 가지는 나에게 힘이 되기는커녕 가지고 있던 힘도 빠지게 합니다. 실패를 통해 배움이 있다면 그것으로 괜찮습니다. 제가 생각하는 직업은 나무에 든든한 가지를 만들고, 그것을 통하여 경험을 쌓고 배움을 얻는 것입니다. 그것의 경험은 또 다른 경험을 하게 하고, 배움은 또 다른 배움으로 가는 길이 되어 주었습니다.

현재 다니는 회사에 대하여 어떤 마음을 가지고 있으신가요? 사람 때문에 힘들어서, 내가 일하는 만큼 월급을 주지 않아서, 일을 너무 많이 시켜서 싫으신가요? 주말에도 할 일을 주어서 불편하신가요? 그래서 그만둬야 하는 마음이 드신 적도 있으실 것입니다. 저도 경험하였습니다. 불평불만을 가지고 있다면 그 생각은 꼬리의 꼬리를 물며 생각의 감옥에 갇히게 됩니다. 생각의 전환으로 회사의 장점을 찾아본다면 마음이 달라지고, 행동의 변화가 생깁니다.

제가 하는 일은 15년 되었지만, 이 일을 계속할 것으로 생각하지 않습니다. 저는 지금도 또 다른 나를 찾기 위하여 부단히 노력하고 있습니다. 나의 사명을 작성해 보고, 꿈을 작성합니다.

또, 내가 원하고 바라는 일을 찾고 있습니다. 언젠가 내가 원하고 바라는 일이 나타나면 기회를 잡을 것입니다. 책을 통하여 배움을 얻으며, 현재도 배움을 얻고자 노력하고 있습니다. 준비된 자에게 기회가 주어진다고 하였습니다. 그 기회를 잡기 위해서 오늘도 그리고 내일도 저는 부지런히 노력할 것입니다. 이쯤 되면 제가 하는 일을 좋아하고 사랑해야 내가 하는 일이 즐겁고 보람을 느낀다는 걸 알 수 있을 것입니다. 내가 하는 일이 나의 즐거움이 되어 더 높이 성장할 수 있도록 도와주고 있습니다. 저는 이렇게 저의 일을 사랑합니다.

04

오승미

나만의 길

글을 쓰기 전까지는 내가 일을 사랑하고 있다는 것을 알지 못했다. 4년 전에 남편의 팀이 독립되면서 내가 하던 일이 원점으로 되어버린 느낌이었다. 10년 동안 밤샘과 열정으로 일궈낸 나의 일들이 아무것도 아니란 생각에 힘이 들었다.

이런 경험은 대학을 졸업하고 지금의 회사에 다니기 전에 경험했었다. 대학교를 졸업하자마자 금융회사에서 일했었고, 다음으로 학원 강사로 일을 했었다. 일하는 순간에는 열심히 했었고, 일할 때는 주어진 일이 전부인 줄로만 믿었었다. 하지만, 금융회사에서 일하면서 답답한 시간을 보내는 나를 보게 되었고, 누군가에게 말을 건넨다는 게 어려운 일이란 것을 알게 되었다. 학원 강사는 오후 출근과 밤늦게까지 일하고 때로는 새벽까지 일해야만 했었다. 가족들과 함께할 시간이 적어진다는 것을 깨달았다. 그러나 금융회사나 학원 강사는 월급이 많았다. 지금 회사에서 처음 월급을 받았을 때, 순간 월급이 아니라 주급이 들어온 줄 착각을 할 정도였다. 그랬던 일을 14년째 하고 있다. 일하면서 배울 점이 많아서 좋았고, 월급은 경력이 쌓일수록 많아졌다. 출퇴근 시간이 정해져 있어서, 여유로운 저녁 시간이 생겼다. 지금 하는 일이 힘이 들고 정말 견디기 힘들었다면 포기했을 것이다. 3년 넘게 일을 잘하다가 갑자기 고민하고 힘들다는 동생들과 주변 사람들에게는 좀 더 견뎌보라고 말한다. 그렇게 그만두는 것도 나쁘지만은 않지만, 고민하는 것이 지금 하는 일에 발전이 되는 거라면 권태기라고 말해준다. 견디면 넘어가는 거고, 못 견디면 좋은 경험인 거다. 그러니 너무 힘들어하지 말라고 말해준다. 아직 다가오지 않은 일에 힘들어하면 나만 힘들다는 것을 누구보다 잘 알기 때문이다. 돌아서 지금의 시간을 마주하고 있는 모습을 볼 때마다 누구보다 잘해온 나에게 고맙다고 칭찬한다. 그 시간을 견뎌온 것은 나이기 때문에 가능했다.

회사에서 동료끼리 말하는 말 중에 '탈 토목 한다.' 는 말이 있다. 주변에서 이런 말이 들리면 토목 일을 하다가 전혀 다른 일로 전향한 경우이다. 주변을 보거나, 학교 선배들을 만나보아도 이런 경우는 흔히 있다. 졸업하고 공무원으로 일하는 경우는 그만두는 경우가 적지만, 많은 토목인은 각기 다른 길을 찾아서 가는 경우가 많다. 내가 보기에 그들이 토목 일을 못 한 것도 아니고, 자격이 없는 경우도 아니다. 학교 선배 중에서는 토목 관련 자격증을 여러 개 보유했지만 그만두었다. 모두 다 각기 다른 것들을 추구하기에 각자의 삶을 사는 것이다. 안타깝기도 하고 아쉽기도 하다. 그건 나만이 느끼는 감정이다. 아마도 그만둔 사람들은 더욱 행복할 것일 수도 있다.

그러나 회사를 운영하는 사장님들이나 지금 당장 직원을 구하는 다른 회사 직원들과 이야기해 보면 누구보다 안타까워한다. 좋은 인재들이 자꾸만 사라진다고 말이다. 회사에서 사람 뽑을 때가 더욱 힘이 든다. 내가 생각하기에 우리 회사 정도면 출퇴근도 정확하고 복지도 좋고 함께 다니는 동료들이 너무 좋은데 왜 이렇게 직원 구하기가 어려운지 모르겠다. 지금은 토목 관련한 직원 구하기가 어려운 현실이다. 이런 걱정으로 학교 실습생이나 졸업 후에 입사시키기 위해서 학교와 밀접한 관계를 맺도록 노력하고 있다. 한 번씩 경력증명서를 보면 함께 일하고 있는 회사의 대표님과 사장님, 이사님들을 보면 그들의 경력이 대단하다는 것을 알 수 있다. 그런 시간을 잘 해오셨기에 나이가 들어서도 누구보다 회사에서 대우를 받는다. 토목 일은 힘든 과정임을 알고, 그들과 함께 회사에 속해서 나 또한 그 일을 할 수 있다. 그렇게 나의 경력 또한 쌓이게 되는 것에 감사하게 생각한다.

배우자를 만날 때 누군가가 나에게 그런 말을 했었다. 5가지 중에서 4가지가 맘에 들지 않는데 내가 수용할 수 있다면 결혼을 할 것이고, 1가지가 맘에 들지 않는데 내가 절대로 수용할 수 없는 것이라면 결혼하지 말라는 것이다. 직업도 그렇게 선택해야 한다. 지금은 월급이 적고, 힘이 들고, 더울 때 덥고 추울 때 춥다. 하지만 배울 점이 있고, 나아갈 곳이 있다. 앞에 나의 일을 먼저 시작한 선배들을 보면서 나도 저렇게 될 수 있다는 확신이 생겼다. 그리고 나의 직업은 새로운 기회가 되고, 뜻밖의 행운이 되고, 나의 삶이 되었다.

직업을 통해서 배울 수 있는 것이 있다면 무조건 배우기를 권한다. 기술이든 그 어떤 것이든 간에 내 삶에 필요한 것이라면 직업을 통해서 배우는 것이 가장 좋다. 나는 일을 하면서 컴퓨터 사용 능력을 키웠으며, 운전실력 또한 커졌다. 빠르게 성장할 수 있었다. 하지 않으면 살아남을 수 없으므로 배울 수밖에 없었다. 협동심, 다른 사람과의 사회생활도 배울 수가 있다. 배우고 싶은 것이 있다면 그것과 가까운 직업을 택하는 게 가장 빠르게 배울 수 있는 것을 알게 되었다.

지금 직장은 처음에 대학교에서 배운 전공과 관련된 일을 하는 것이니 자부심과 자랑스러움이 있었다. 토목 일을 그만둔 동기 친구들과는 다른 길을 가고 있는 나에게 매일매일 칭찬을 했었다. 잘하고 있다. 누구보다 잘해 낼 것이다. 끊임없이 다독이고 잘하려고 애쓰고 노력하였다. 일주일 내내 밤샘을 해도 힘들지도 않았고, 출장을 멀리 가거나, 월급이 친구들보다 적어도 주눅 들지 않았다. 누군가에게 도움이 되고, 안전을 위한 나의 일을 누구보다 사랑했다. 아니 사랑한다. 힘들더라도 일을 하면서 버텨냈었다. 아침마다 일어나면 거울을 보며 나에게 인사를 한다. 누구보다 오늘 힘내자. 잘할 수 있다. 그리고 사무실로 들어가면 나에게 늘 인사를 하듯이 매일 웃으면서 다른 사람들에게 인사를 한다. 직업이란 내 삶의 전부가 되는 것은 아니다. 내가 힘들고 지칠 때가 있고 또한 기쁨과 즐거움을 줄 때가 있다. 요즘은 예전보다 직업을 바꿀 기회도 많아졌고, 다른 직업도 가지면서 함께 살아갈 수 있다. 그 길은 선택해서 노력하면 할 수 있는 것이다. 공부만 잘한다고 성공하는 삶도 아니고, 돈을 많이 번다고 성공하는 삶을 사는 것도 아니라고 생각한다. 지금 행복하고 즐겁게 일하면서 살아간다면 성공에 자연스럽게 가까워진다. 나의 아이들에게도 행복하게 살 수 있도록 격려해주고 싶다. 일하는 삶 속에서 작은 행복이라도 느낄 수 있다면, 그 일이 누군가에게 도움이 되는 일이라면, 나만의 길을 만들어서 나아간다는 것이 누구에게나 가치 있는 직업일 것이다.

05

윤석재

나의 일을 사랑하는 방법

직업을 사전에서 찾아보면 '생계를 유지하기 위해서 자신의 적성과 능력에 따라 일정 기간 동안 계속하여 종사하는 일' 이라고 나옵니다.

기왕이면 단순히 생계를 위해서 일을 하기보다는 적성에 맞는 일을 하며 살고 싶어 할 것입니다.

나 역시도 적성에 맞는 일을 찾으려고 방황도 했었고, 애를 썼습니다.

나에게 맞는 직업을 찾지 못해서 계속 전전긍긍하는 사람들이 특히 초년생 때 많았던 것 같습니다. 20대 때 생각해 보니까 친구들을 만날 때 지금 하는 일이 맞는 일인지 회사 일이 적성에 맞냐고 물어보면 대부분 "그냥 하는 거지 뭐"라고 답변하는 것을 들어 본 것 같습니다.

나 역시도 적성은 고려하지 않은 채 "그냥 배우면서 하는 거지."라고 생각을 하던 때가 있었습니다.
20대 후반까지는 직업에 대해서 내가 하기 싫어하지 않은 일을 하면서 돈을 벌고 모으면서 그 돈으로 취미나 사고 싶은 거 하면서 살면 행복하지 않을까? 라고 생각했었습니다.
생각해 보면 은퇴하고 커다란 경제적인 자유를 이루지 않는 한 우리는 직장에서의 대부분 일과 시간을 보내는 비중이 아주 상당합니다.
대부분 일을 하면서 시간을 보내는 만큼 어느 장소에서 어떤 일을 하는지 일하는 시간이 중요하다고 볼 수 있습니다.

자기가 하고 싶은 직업이 생겼다고 생각해 보겠습니다.
근데 관련 회사를 막상 입사해 보니 주 업무 외에 별로 하고 싶지 않은 업무도 있어서 퇴사를 반복하는 친구들이 있습니다.
광고 대행사에 광고 일을 하고 싶어 들어갔지만, 광고일 외에 여러 가지 허드렛일부터 하는 것처럼 그런 경우가 있습니다.
아는 것 없이 바로 맨땅의 헤딩으로 영업일을 해야 한다든가, TO가 없어 별로 가고 싶지 않았던 부서로 이동을 한다든가, 광고주나 회사 대표의 별로 의미 없는 요청을 들어줘야 한다든가, 의미 없는 제안서/보고서 제출해야 한다든가, 자원이 너무 많이 들어가 너무 비효율적인 시간 낭비하는 일을 해야 한다든가. 등등 여러 가지 요소가 많습니다.
생각해 보면 신중하게 생각을 해서 내가 하고 싶은 직업을 택했겠지만, 내가 생각하는 주 업무 외에 다양한 업무가 있을 수도 있고 뜻하지 않은 업무가 생겨나기도 하고 '내가 이러려고 여기에 입사했나' 라는 의문점이 들기도 합니다. 이상과 현실은 다르다는 말을 실감하게 됩니다.
주변에는 좋아하는 일을 찾고 찾아서 선택했으나, 막상 이상과 현실의 괴리감 때문에 퇴사하거나 계속 이직하는 친구들을 많이 보았습니다.

내 일을 사랑하는 방법에 대해서 알아보려고 합니다.
좋아하는 일을 하더라고 매번 좋아하는 일만 하고 살 수는 없는 것을 일하면서 깨달았습니다.
좋아하는 일을 하면 마냥 행복할 거 같다고 하지만 좋아하는 일도 직업이 되면 동기가 없어져서 초심을 잃어버리게 되는 경우가 있다고 우리는 한 번쯤은 들어봤을 겁니다.
그러면 지금 하는 일속에서 아주 작은 의미라도 찾아보면 좋을 것 같습니다.
작은 의미부터 찾아가면서 일을 할 수 있다면 결국 자신의 만족도도 올라갈 것이고 행복하게 일을 할 수 있지 않을까 하는 생각이 듭니다.
생계를 위해서 일을 한다고만 생각하지 말고, 현재 내가 하는 일에서 작은 의미들을 찾아서 그 의미를 부여한다면 참 좋지 않을까 하는 생각도 듭니다.
작은 의미를 찾는 그것부터 시작해 보면 좋을 것 같습니다.
지금과 다른 일을 하고 있을 때 나는 무슨 일을 해야 할지 모를 때, 작은 의미를 찾는 작업으로 시작을 했습니다. 그러다 보면 자신의 강점과 그동안 경험했던 일을 생각 해보고 정말 내가 좋아하는 게 뭔지 싫어하는 게 뭔지에 대해서 고민하게 되는 것 같습니다.
자기 일을 사랑하려면 아무리 작더라도 의미 있는 일을 부여해야 한다고 생각을 합니다.
그렇다고 억지로 생각을 해서 겨우겨우 부여해야 한다는 건 아니고, 어떤 일을 하건 작은 의미가 있을 건데 여러 시간을 거쳐서 곰곰이 생각을 해봐야 합니다.
그렇게 작은 의미 있는 일부터 시작을 해야 하는 것 같습니다.

자신이 하는 일이 다른 사람들에게도 영향을 미치는지 알고 있는 사람들은 그렇지 못한 사람들보다 만족도가 높을 뿐 아니라 훨씬 더 생산적입니다.

예를 들면 청소부는 거리를 깨끗하게 청소하고, 깨끗한 거리에 사람들이 쓰레기를 버리지 않게 되고, 더 나아가 거리를 바라보는 사람들의 기분까지 좋게 만들어줌으로써 행복감을 느낄 수도 있습니다.
동물원 사육사들은 사육장 청결이 참 중요합니다. 청결한 사육장은 환경뿐만 아니라 동물들의 건강까지 영향을 미칩니다. 동물들이 건강하게 수명대로 오래 살 수 있도록 도움을 주는 일을 할 수 있습니다.

그렇게 그 작은 의미들이 이렇게 점차 커져서 행복하게 만들어줄 수도 있지 않을까 생각됩니다.
직업에 대해서 방황하는 분들이 계신다면 조용한 곳에서 혼자 앉아서 현재 자신이 하는 일에서 작더라도 의미를 찾아 적어보면 좋을 것 같습니다.

06

최서연

도서 영상크리에이터로 산다는 것

1인기업, 강사, 기획자, 마케터, 작가, 블로거, 유튜버 등 여러 호칭으로 불리지만, 특히 '도서 영상크리에이터'라는 직업이 마음에 든다. '북튜버'라고 불리기도 한다. 보험설계사를 하면서 자존감이 떨어졌을 때 책 한 권을 집어 들었다. 청소업체를 운영하는 일본인의 책이었는데, 유튜브를 찍기 시작하면서 매출이 급성장했다는 내용이었다. 현장 작업뿐만 아니라, 책을 소개하는 영상도 올린다는 글을 보고 바로 따라 했다. 2017년이었다. 지금처럼 북튜버라는 말이 유행하기도 전이었다. 책을 읽고 내 생각을 정리해서 영상을 찍는 작업이 즐거웠다. 누구의 간섭도 없는 나만의 세상이 펼쳐졌다. 영상을 찍고 무한 반복으로 돌려보면서 나를 관찰하기도 했다. 표정, 말투, 책을 소개하는 방법까지 개선했다.

내가 좋아하는 목소리는 은쟁반에 옥구슬 굴러가듯 솔톤의 맑은 소리다. 내 목소리는 어렸을 때부터 중성적이고 톤이 낮아서 묵직한 느낌이라, 좋아하지 않았다. 이해하기 어렵지만, 유튜브 구독자들이 내 목소리가 듣기 좋다는 댓글을 달기 시작했다. 심지어 어떤 수강생은 나처럼 목소리가 좋지 않은데, 유튜브를 할 수 있을지 고민이라면서 연락도 해왔다. 내가 단점이라고 생각했던 것도 누군가에게는 강점이 될 수 있다는 것을 알게 됐다.

보험설계사로 일하면서 3년 정도 유튜브를 꾸준히 올렸다. 어느덧 사람들은 나를 〈책먹는여자〉로 기억하기 시작했다. 마을버스를 타고 가다가 구독자를 만나 사진을 찍었다. 여수로 가족 여행을 갔을 때, 식당에서 책먹는여자를 알아본 구독자와 인사를 나누고 있으니 가족들이 나를 달리 보기도 했다. 몇 년 전 올린 영상에 "쉽게 알려주셔서 도움이 됐어요. 감사해요."라는 댓글을 보면 힘이 난다. 그저 내가 행복해서 했던 책 소개 영상이 얼굴도 모르는 사람들의 삶에 작은 영향을 줄 수 있다는 점도 멋졌다. 유튜브를 통해 생각 정리, 말하는 연습, 영상 작업의 훈련을 한 덕분에 브랜딩뿐만 아니라 자연스럽게 강사의 삶으로 이어졌다.

취미생활을 하면서 돈을 벌면 부업이 된다고 한다. 본업보다 부업으로 돈을 많이 벌기 시작한 순간, 좋아하는 일이 직업이 된다. 그러려면 취미도 반은 미쳐서 몰입해야 한다. 재미있으니까 더 잘하고 싶어서 책도 찾아 읽으면서 공부도 하게 된다. 그저 남들이 유튜브로 돈을 많이 번다고 하니, 나도 좀 벌어볼까 하는 마음에 시작하는 사람이 많다. 유튜브 채널 개설만 해놓고 촬영 장비만 구매하다가 그만둔 사람도 있다. 영상 전문가처럼 처음부터 완벽한 영상을 만들려고 욕심을 부리기도 한다. 우리는 아마추어니까, 아마추어답게 하면 된다. 그저 오늘 할 수 있는 만큼 영상을 찍고 유튜브에 올리면서 프로세스를 개선하면 되는데, 사람들은 이 과정을 견디지 못한다.

내 주변에 대학교 전공으로 지금까지 일하는 사람은 얼마 없다. 전문직이 아닌 이상 직장을 옮기다 보면 전공과 다른 일을 하는 사람도 있다. 내가 대학교를 선택할 때만 해도 평생직장이라는 말이 먹히던 시절이다. 간호사, 법의학 연구소 실장, 자동차 보험회사 보상팀, 간호사 취업사이트 담당자, 백화점 의무실, 보험설계사를 거쳐 지금의 나로 살고 보니 아쉬운 점이 있다. 진로를 결정할 때 누군가 옆에서 “전공대로 사는 건 아니니까, 네가 해보고 싶은 것이 뭔지 고민해 보고 도전해 봐.”라고 말해줬다면 어땠을까? 세상에는 여러 직업이 있고 도전할 수 있는 일이 많으니 꿈을 펼쳐보라고 위로나 따끔한 충고를 해줬다면 얼마나 좋았을까? 이런 아쉬움을 담아 나는 제2의 인생을 준비하는 분들의 시작을 돕는 사람이 됐다.

며칠 전 약속이 있어서 한 카페에 갔다. 십 년 전에 근무했던 빌딩이었다. 그 시간쯤이면 외근 후 돌아올 때였고, 7cm 구두를 신고 양손에는 서류 가방을 들고 있었다. 건물의 입구를 바라보면서 십 년 전 나를 떠올렸다. 열심히 살았던 나를 칭찬해주고 싶었다. 그때 배우면서 했던 일 덕분에 지금의 내가 있기 때문이다. 나는 직업을 몇 번 바꾸면서도 교차점을 항상 만들었다. 간호사 출신 보험설계사로 일하면서, 후배들에게 의학정보를 알려줬고 고객들에게도 전문성을 어필했다. 보험회사에서 보상과 영업으로 총 10년을 근무하면서 보험의 시작과 끝을 경험한 덕분에 1인기업가가 됐을 때는 재테크 수업의 일부로 보험 강의도 했다. 보험설계사를 하면서 알게 된 영업 프로

세스 덕분에 세일즈도 몸에 장착해서 지금은 뭐든 파는 사람으로 개조됐다.

직장인에서 1인기업 대표가 되고 중요한 사실을 하나 알게 됐다. 꼭 회사를 그만두고 개인사업자를 내야 1인기업이 아니라는 점이다. 어디에 속해서 무슨 일을 하든지 내가 나를 대표하고, 내 이름이 부끄럽지 않게 행동하고 책임을 지는 것이 1인기업의 시작이었다. 회사 내에서도 자신을 브랜딩 할 수 있다. 누구나 자신을 팔면서 사회생활을 한다. 그 경험을 지금 다니고 있는 직장에서부터 시작해 보면 좋겠다.

〈1인기업 도서 영상크리에이터 선배의 한마디〉
좋아하는 것이 직업이 되려면, 취미도 몰입해야 한다.
현재 자신이 할 수 있는 것부터 시작해 본다.
여러 일을 해보되 계속 연결하게 하라.
내가 나를 대표한 1인기업이라고 다짐하자.

책 추천

오늘부터 1인기업(최서연, 스타북스, 2021년)

백만장자 메신저(브렌든 버처드, 리더스북, 2018년)

07

한명욱

나를 성장시키는 시간

매년 성과급 지급을 위한 평가가 있다. 학부모와 학생이 교사를 평가한다. 주로 수업과 생활지도를 기준으로 평가항목이 결정된다. 성과급제의 주요 목적은 애사심이나 생산성을 높이는 것이다. 간호장교 때도 외과와 내과의 업무가 다르고, 병원의 급에 따라 차이가 있는데 어떤 기준으로 평가하는지 의문이었다. 자신의 임무를 다하는 군인에게, 그리고 학생을 가르치고 성장시키는 교사에게 적용되는 것이 맞는지 여전히 물음표다.

제도는 제도로 묻어두고, 내 평가 기준을 내가 정했다.

2022년도의 목표는 '사장님 같은 보건교사 되기' 였다. 일은 열심히 했지만, 대표라는 생각을 하지는 않았었다. 《그대 스스로를 고용하라》를 읽고, 경영자의 마음을 장착하기로 했다. 코로나19바이러스 감염병으로 업무가 늘어 힘든 시기였지만, 학생들이 안전하게 공부할 수 있는 환경을 만들기 위해 더 책임을 다했던 1년이다. 2023년도는 학생 스스로 건강관리를 하는 습관을 키워주고 싶다. 수업을 통해 건강관리 방법을 코칭하려고 한다. 그래서 '수업 잘하는 보건교사 되기' 가 목표다.

응급 상황에 대비하며 안전하고 건강한 학교생활을 지원하는 것은 기본이다. 간호장교였을 때는 잘 치료받고 건강하게 부대로 복귀시키기, 건강 정보를 제공하고 스스로 건강관리를 할 수 있도록 교육하는 것이 주 임무였다. 내가 이끌어간다고 생각했다. 병동 환경관리, 병력관리, 후배 간호장교 교육과 의무병 교육까지 매 순간 최선을 다했다. 올해도 즐겁게 잘 할 수 있다. 성과 피드백에 '학생들의 자기관리 능력 향상' 이라고 적을 것이다.

노력하는 자는 즐기는 자를 이기지 못한다. 아프다는 말을 매일 반복해서 들어야 했지만, 웃음을 잃지 않으려고 노력했다. 전역할 때까지 6년 동안 3교대를 했다. 낮과 밤의 생체리듬이 깨져서인지 잠이 부족하면 다리가 부었다. 근무 내내 서 있어 퇴근 때는 다리를 들지 못할 만큼 부어 있었다. 베개에 다리를 올리고 자야만 고통이 덜했다. 지금도 그때의 습관으로 베개는 늘 다리 차지다. 그래도 병동 라운딩 때 모포를 덮어주고 동생처럼, 아들처럼 살폈던 환자들이 보고 싶다. 임신했을 때 유독 밤번 근무를 하면 입덧이 심했다. 라운딩 하다 화장실로 뛰어가면 까닭도 모르고 같이 뛰었던 의무병. 다 쏟아내고 나오면 안쓰러운 눈빛으로 더 도와주려 했던 의무병은 잘 지내는지 궁금하다. 체력적으로 힘들었다. 밤번 때 수액도 참 많이 맞았다. 건강의 중요성을 알면서 내 건강 챙기기는 어려웠던 시절이다. 그래도 그냥 좋았다. 그때도 지금도 난 내 일을 사랑한다. 또 다른 직업을 선택해도 즐기면서 했으리라.

일은 나를 성장시킨다. 내가 잘하는 것을 통해 다른 이를 도울 수 있다. 부모님의 품에서 독립할 수 있다. 경제적으로 자립하고, 일을 통해 책임을 배울 수 있다. 비로소 어른이 되는 거다. 그렇게 보내온 시간이 쌓여 '나'라는 역사가 만들어지고 있다. 그토록 찾아 헤맸던 행복의 파랑새가 알고 보니 내 곁에 있듯이, 원하지 않는 일이라 생각하는 지금의 일이 사실은 진정 내가 원했던 일일 수 있다. 최선을 다해 10년 넘게 일했다면 전문가가 되어있는 자신과 마주할 수 있다.

기상나팔 소리에 일어나고, 차가운 새벽공기를 마시며 뛰는 것은 고역이었다. 그런데 방학마다 산을 타고 있었다. 고등학생 때까지 산이라는 곳은 스스로 가본 적 없던 나였다.
낯선 동네를 여행하고, 낯선 나라로 가서 생활하리라곤 꿈에도 생각하지 못했었다. 헬리콥터를 타고, 파병 온 다국적군(유엔군)을 간호하고, 유목민들에게 낙타젖을 대접받은 경험들은 소중한 추억이다. 술 없이도 춤을 출 수 있는 다국적군(유엔군)들을 보며 여유를 배웠다. 끝없이 펼쳐졌던 사하라 사막과 눈부셨던 별 무리가 지금도 눈에 선하다. 낡은 천막에서 뜨거운 햇볕을 피하고 낙타젖을 마실 수 있는 것을 감사히 여겼던 사람들을 만났었다. 사는 곳은 달라도 아이들은 아이들이었다. 천진난만하고 이쁜 아이들, 맨발이 안타까운데 마냥 신나게 뛰놀던 아이들을 만났었다. 이렇게 멋진 경험을 했는데 어떻게 내 일을 사랑하지 않을 수 있겠는가.
여름 군사 학기였던 것 같다. 훈련장으로 배식차가 오는데, 식판을 두고 왔다. 허기에 기다릴 틈이 없던 우리는 배식 통의 뚜

껑에 분대원 모두의 밥과 반찬을 받아 들었다. 숟가락 하나씩 들고 땟국물 가득한 얼굴을 들이밀었다. 훈련 끝의 밥은 꿀맛이었다. 20대 초반의 일반인 여성들이 경험할 수 없는 그 순간이 얼마나 즐거웠는지. 그렇다. 그렇게 즐기면서 배우고 성장했다.

어이없는 실수에 눈물도 흘렸다. 소위가 되면 제대로 된 어른이 되리라 생각했는데, 출근과 동시에 날아드는 호통에 고개를 들지 못했다. 분명 확인하고 또 확인했는데 빼먹는 건 또 왜 그리 많았을까? 퇴근길에 다시 불려 들어가 낮번인지 밤번인지 구분도 없이 종일 애쓰다 숙소로 돌아오면 죽은 듯 잠을 자던 시간이 있었기에 숙련될 수 있었다. 차곡차곡 쌓인 시간은 나에게 잘했다고, 이대로만 살아도 충분하다고 말해줬다. 일은 그렇게 스스로 잘했다고 칭찬의 기회를 준다. 당당하게 나를 세워가는 기둥이다.

'당당한 자신을 찾고 싶은 사람들의 건강한 자립을 돕겠다!' 사명을 정리했다. 어떻게 도울 수 있을까 고민했다. 가장 중요한 건 마음이다! 어떤 일이든 사랑하며 일하기, 즐겁게 일하기. 바로 자신이 하는 일을 진정으로 사랑하는 것. 그렇게 일을 바라보도록 돕고 싶다.
과거의 내가 있어 현재가 있듯, 만들어 갈 미래가 있기에 지금부터 시작이다. 오늘 할 일을 그냥 하기. 일단 즐기기. 푹 빠질 때까지 하기. 그렇게 나와 만나고 있다. 지금 하는 일들이 연결되어 만들어 줄 미래. 생각만으로도 흥분된다. 벅차다.

오늘이 가장 젊다. 실수해도 괜찮다. 실패가 아니라 내가 성장하는 과정이니까. 계속하면 익숙해지고 잘할 거니까. 그렇게 내 일을 사랑하며 오늘도 한 걸음부터 시작이다.

08

한수진

나무 한 그루 한 그루를 심는 마음으로

3P자기경영연구소의 초등 셀프리더십 '보물찾기' 코치과정에서 이인희 선생님의 강의를 들었다. 대구에서 초등학교 수석교사로 재직 중인 이인희 선생님은 놀이를 수업에 접목해 아이들이 즐겁게 공부하도록 돕는다. 수업 중 가장 인상 깊었던 것은 학급의 문화를 긍정적으로 만들어가는 것이었다. 무언가를 잘한 아이만 칭찬하지 않고, 친구를 위해 박수치고, 용기와 위로의 말을 하는 아이들을 함께 칭찬했다. 아이들이 서로를 배려하고 따뜻한 모습을 보일 때마다 비타민을 접시에 모아서 반 아이들 수만큼 비타민이 모이면 같이 나누어 먹었다. 그동안 보아오고 해왔던 방법과 너무 달랐다. 잘한 아이에게만 보상을 주는 방법은 경쟁을 유도하게 되어, 친구 관계에도 좋지 않은 영향을 줄 것 같았다. 그때부터 수업할 때도,

집에서 자녀들을 대할 때도 이런 부분에 신경을 쓰게 되었다. 서로 경쟁해야 할 대상이 아니라 도와주어야 할 한 팀이라는 것을 인식시키고, 보상도 함께 준다.

3P자기경영연구소의 청소년 셀프리더십 '비바앤포포' 코치과정 필독서 중 하나인 《최성애 · 조벽 교수의 청소년 감정코칭》 책에 '신용통장' 이야기가 나온다. 중학교 2학년 아이들에게 교복을 단정하게 입었는지, 수업에 집중해서 참여했는지 등을 스스로 평가해서 플러스 점수와 마이너스 점수를 적게 하고 일정 점수가 쌓이면 1박 2일로 여행을 간다는 것이다. 여행 계획도 아이들이 세우게 한다. 이 부분을 보고 내 자녀들에게도 적용해 보면 좋겠다 싶었다. 자신에게 도움이 될 만한 미션을 스스로 정하고, 매일 스스로 평가하면 잊지 않고 할 수 있고, 재미있어할 것 같았다. 남편에게 먼저 얘기하니 좋은 생각이라며 첫 번째 보상으로 아이들이 좋아하는 치킨을 사주자고 했다. 다음날 가족 독서모임 시간에 얘기했더니 재미있을 것 같다며 세 아이 모두 찬성했다. '노력통장'이라고 이름 붙인 평가 양식지를 만들었다.

'노력통장'에도 점수를 함께 모으는 협동방식을 적용하기로 했다. 나무를 그리고 이파리 부분에 동그라미를 100개 그렸다. 아이들이 각자 자신에게 준 점수만큼 동그라미를 칠하게 하는 것이다. 5점 만점 중 첫째가 4점, 둘째 4점, 막내 5점이면 하루에 13개의 동그라미가 채워지는 것이다. 100개를 다 채워 맛있게 치킨을 먹는 모습을 상상해 본다. 우리 가족이 모두 웃고 있다.

이렇게 강의를 듣고 책을 읽으며 좋다고 생각되는 것들을 일과 삶에 적용하고 있다. 때로는 시행착오를 겪기도 한다. 그럴 땐 어떤 부분이 잘못되었는지 고민하고 개선점을 찾는다. 조금씩 업그레이드가 된다. 어느 순간 만족스러운 수준이 되면 실패와 성공의 과정들을 사람들에게 나눌 수 있다. 강의나 코칭을 할 때 내가 겪어온 과정을 소개하고 최종 버전을 가르쳐준다. 독서모임 '스텝업나비'에서도 매주 이런 경험을 공유한다. 서로가 나누어주고, 서로에게 배운다. 일을 위해 배운 것들을 삶에서도 적용하고, 그렇게 얻어진 것들을 다시 일에 적용한다. 일과 삶이 연결되어 있다.

스텝업 코치 한수진. 오랜 고민 끝에 정한 나의 브랜드이다. 1

인 기업명은 '스텝업 리더십 센터' 이다. 사람들이 한 단계씩 성장할 수 있도록 이끌어주고 싶은 마음을 담은 이름이다. 좋은 습관들을 꾸준히 해나갈 수 있도록 페이스 메이커가 되어 주고 싶다.

함께 성장할 수 있는 환경을 제공하고자 여러 스텝을 설계했다. 스텝 1은 독서 습관을 기르는 환경이다. '책 속 우주로의 여행' 이라고 이름 붙였다. 매일 아침 6시부터 7시까지 줌에서 만나 각자 읽고 싶은 책을 읽는다. 들어오고 나가는 시간은 각자의 사정에 따라 자유롭게 한다. 매일 자신이 읽은 책에서 다른 사람들에게도 도움이 될 만한 부분을 사진 찍어 노션에 올린다. 매일의 기록이 쌓여간다.

스텝 2는 독서모임이다. 모임 이름은 '스텝업나비'. 나비는 '나로부터 비롯되는' 의 뜻으로 '독서포럼나비' 가 모체이다. 3P 독서경영 리더과정을 수료하여, 스텝업나비 회원들에게 독서법을 교육하고, 책에서 얻은 아이디어를 적용하도록 이끌어준다. 처음에는 오프라인으로 진행했으나, 현재는 온라인으로 진행하고 있다. 지정 도서와 자유 도서를 격주로 번갈아 읽는다. 적용하는 독서법으로 삶의 변화를 경험할 수 있다. 같은 책을 읽어도 사람마다 다른 곳에 줄을 긋고 다른 생각을 하는 것을 보며 다양한 시각을 배울 수 있다. 바인더에 모임일지를 기록한다.
스텝 3는 3P 프로과정 교육이다. 바인더를 활용한 기록관리, 시간관리, 목표관리, 지식관리 방법을 구체적으로 교육한다. 원하는 꿈을 찾는 것에서 시작해서 살아가면서 필요한 여러 가지 비밀무기들을 알려주어, 좀 더 현명하게 삶을 살아갈 수 있게 한다.
스텝 4는 연결이다. 회원들의 인맥을 확장해 주고, 인사이트를 얻을 수 있는 장소에 견학을 가는 것이다. 작년에는 대전에 위치한 '카페허밍'에 가서 조성민 대표를 만나 소중한 경험담을 들을 수 있었다. 또 얼마 전에는 인문고전 가족독서를 3년 반 동안 이어오고 있는 권소윤 코치를 초청해 특강을 들었다. 앞으로도 다양한 이벤트를 준비하려 한다.
스텝 5는 청소력 프로젝트이다. 《청소력》 책을 읽고 21일 동안 5분 청소 프로젝트를 했다. 하루에 5분 각자 하고 싶은 곳을 정리하거나 청소하고, 전/후 사진을 찍어서 인증한다. 함께라서 재미있게 할 수 있고, 미루고 싶은 날에도 5분만 시간을 내면 되기에 간단히 정리하게 된다. 성공한 사람들의 공통점 중 하나가 청소이다. 성공을 위한 중요한 습관이기에 주기적으로 진행하려 한다.
여기까지가 진행했던 내용이고, 앞으로 글쓰기, 바인더 습관, 운동 프로젝트 등을 계획하고 있다. 혼자 어떤 일을 결심할 때는 열정이 충만해서 시작하지만, 어느새 시들해진다. 그렇지만 함께하는 사람들이 있으니 잠시 쉬었다가도 다시 시작할 수 있다. 아직은 작지만 서로 응원하고 격려해 주는 따뜻한 커뮤니티가 있어 힘들어하는 사람이 있으면 서로 손을 내밀어 준다. 나도 사람들로부터 영향을 받고, 반대로 사람들도 나로부터 영향을 받는다.

사막에 작은 나무 한 그루를 37년간 매일 심은 사람이 있다. 자다브 파옝. 사람들이 나무를 베어내면서 사막화되고 있던 고향(인도 마주리섬)을 되살리기 위해 1979년부터 37년 동안 하루도 빠짐없이 나무를 심었다고 한다. 세상에서 사라질 거라고 여겨졌던 마주리섬이 다시 울창한 숲이 되었다.(출처 : 유튜브 포크포크 채널) 한 사람의 끈기 있는 행동이 이처럼 믿기 힘든 결과를 만들어낼 수 있다는 사실에 깊은 감명을 받았다. 나도 또한 그런 사람이 되어야겠다고 생각했다. 아주 작은 힘일지라도 끈기 있게 해 보련다. 하다가 멈추더라도 다시 시작하면 그만이다. 조금씩 덩치가 커져서 거인이 될 것을 믿는다. 작은 나로부터 영향을 받아 변화된 사람들이 또 다른 사람들을 변화시킬 것이다. 이미 독서모임 '스텝업나비'의 회원들이 가정에 아름다운 변화를 일으켜 배우자와 자녀와의 관계가 좋아졌다는 피드백을 해주고 있다. 나무 한 그루 한 그루를 심는 마음으로 한 사람 한 사람을 돕고 싶다. 그것이 설레는 나의 꿈이다.

Epilogue

마치는 글

"사랑과 책임! 일을 통해 배운 가치이다"

강은숙

남편의 사고로 갑자기 생계를 책임져야 했다. 유아교육을 뒤늦게 전공하고 어린이집 근무를 시작했다. 힘들어 포기하고 싶었다. 힘든 순간 격려하며 붙잡아준 원장 덕분에 지금까지 이 일을 하고 있다. 어느 날 딸이 "엄마는 출근하는 게 소풍 가는 것 같아!"라고 말했다. 천근만근 출근길이 소풍 길이 되기까지 많은 어려움이 있었지만 이겨내고 보니 '직업'을 주제로 책을 출간하게 되었다. 나를 붙잡아준 단 한 사람으로 인해 여기까지 올 수 있었던 것처럼 나도 누군가에게 손을 내밀어 주고 싶다.

김단비

온라인에서 '꿈꾸는 담쟁이'로 나를 알리기 시작했다. 독서코칭전문가로 성장하기 위해 독서, 토론, 글쓰기를 하며 읽고 토론하는 삶을 살고 있다. 독서가 즐거워 시작한 직업이다. 항상 제대로 가고 있는지 궁금했다. 공저를 쓰면서 잠시 멈추어 되돌아보았다. 책과 함께 성장하는 사람들을 돕겠다던 초심을 잃지 않았는지 궁금했다. 그리고 독서코칭 전문가로 살고자 가고 있는지 나에게 계속 물어보았다. 글쓰기를 하고서 직업에 대한 확신이 생겼다. 앞으로도 독서코칭전문가로서 길을 걸으며 나만의 길을 개척해 가려한다.

김상미

일 40년의 수업

끝없는 질문과 고민 속에서 우리는 살아간다. 20대 직장은 어디로 갈지, 30대 직장은 어디로 갈지, 40대 직장은 어디로 갈지 선택의 고민은 끝없이 늘어난다. 나의 적성이 맞는지 판단하기 전에 일의 출발선에서 한 발자국 나아가 경험을 통한 삶을 살아보라. 앞으로의 40년은 지나온 40년을 바탕으로 앞으로 나아가리라. 경험이 나를 삶으로 데려가 그렇게 일하며 살아가리라.

오승미

참 신기하다. 책이란 걸 쓰면서 울면서 웃으면서 여러 가지 감정을 다 겪어보았다. 글을 쓰면서 직업보다는 나의 삶을 돌아보는 시간을 가지게 되었다. 또한 내 주변의 모습도 돌아보게 되었다. 글을 쓴다고 하니 많은 사람들이 응원해 주었다. 감사라는 것이 그냥 감사가 아니라, 진정한 감사에 대해서 알게 되었다. 이렇게 기회를 준 최서연 작가님, 서로 다독이며 응원해 준 우리 공저 작가님들, 초보 작가를 위해 애써주신 이은대 작가님, 정말 고맙고 감사하다. 이 분들이 없었음 글쓰기는 그냥 꿈으로 끝났을 것이다.

윤석재

성공 경험보다는 주로 실패경험에서 가치관 형성이 이루어진다고 한다. 한동안 몸과 마음 관리 소홀로 들쑥날쑥한 컨디션과 체중 증가, 체력이 현저하게 떨어졌었다. 건강하지 않은 몸과 마음은 일에 대한 집중력을 떨어트렸고 잦은 피로감을 가져왔었다. 그리고 신뢰가 높을때 자신이 한 일에 대해서도 확신을 가질 수 있으며 자신감이 생긴다. 그래서 내가 중요하게 생각하는 가치관은 건강과 신뢰성이다.

최서연

다시 태어나서 무슨 일을 해보고 싶냐는 질문을 받는다면, 〈도서 크리에이터〉라고 대답할 것이다. 《무서록》에서 책은 책, 그 자체로써 좋다는 말이 나온다. 읽기만 해도 좋은 책으로 글도 쓰고, 영상도 찍는다. 약은 약사가 처방하지만, 나는 책으로 사람들이 해결하고 싶은 문제에 대한 해결책을 처방한다. 사람을 살리는 길이기도 하다. 거창하게 들릴 수도 있다. 시작은 내 일을 사랑하는 것부터였다. 오늘도 책을 펼치고 읽고 쓰는 삶을 살려한다.

한명욱

사랑과 책임! 일을 통해 배운 가치이다. 간호장교 때 만났던 수많은 이들의 얼굴이 떠오른다. 그들을 통해 삶을 사랑하고, 나를 사랑하는 법을 배웠다. 내 일을 사랑했기에 건강의 중요성을 말할 수 있고, 생명의 소중함을 배웠기에 당신은 태어난 것만으로도 '특별하다' 말할 수 있다. 오늘이라는 선물을 매일 받으며, 배운 바를 나누기 위해 고민 또 고민하고 있다. 이 책을 통해 '간호장교'로 살며 느꼈던 일의 가치를 전할 기회가 감사하다. 즐기며 배우며 성장하며, 일할 수 있음에 감사하다.

한수진

맛있는 음식이나 좋은 것이 생기면 아이들에게 주고 싶은 나는, 어쩔 수 없는 엄마다. 셀프리더십을 알게 되었을 때도 같은 마음이었다. 내 아이들은 한 살이라도 어릴 때 알려주고 싶었다. 책에 좋은 내용이 있을 때도 아이들에게 얘기해 준다. 이 책을 쓰면서도 그런 마음으로 썼다. 마치 내 아이들에게 들려주듯 먼지 쌓인 내 삶의 기억 조각들을 꺼내었다. 아프기도 했고, 가슴 벅차기도 했다. 부디 무작정 열심히만 살지 말고, 현명하게 꿈을 이루어가길 바란다. 소중한 내 아이들과, 또 소중한 독자 여러분의 꿈을 응원한다.

Profile

프로필

강은숙

16년 차 어린이집 교사로 아이들과 웃어주고, 들어주고, 안아주고, 믿어주고, 기다려주며 즐겁게 일하고 있다. 힘들 때 책을 읽고 '한 줄 낭독으로 마음의 평화를 선물하는 사명'을 찾았으며 '책읽어주는 별쌤'으로 활동 중이다. 저서로는 공저《리딩퍼포먼스》, 전자책《365일 온전한 나로 살아가기》를 출간했다.

김단비

그림책, 인문고전책으로 초·중학생에게 독서코칭과 영어그림책 코칭, 역사코칭을 진행하고 있다. 아이 어른 모두 책과 함께 하고자 하는 분들이 있다면 어디든 독서모임을 만드는 독서모임 열혈자이다. 독서모임으로 삶의 에너지를 얻으며 매일을 살아가고 있다. 저서로는《필사, 가장 느리게 읽는 독서법》, 공저《여자, 에세이를 만날때》등을 출간했다.

김상미

최고의 인생을 살고 싶었다. 책과 바인더를 만나고 인생을 다시 설계하고 있다. 그리고 자신의 길을 찾고자 하는 사람들에게 스스로 자신의 강점을 찾고 삶을 디자인하며 꿈을 찾을 수 있도록 바인더와 책을 제공하여 이바지하며 살아가고 있다.

오승미

토목엔지니어, 전공을 살려 건설회사에서 안전진단부서에서 14년 차 일하고 있다. 자유로운 영혼을 가지고 있으며, 솔직하고 사람 만나는 걸 좋아한다. 나를 사랑하고자 자기 계발에 뛰어들다. 최근에 전자책도 쓰고, 공저에도 참여하면서 진정한 나를 찾는 삶으로 성장하고 있다.

윤석재

온라인 마케팅 회사에 9년을 근무했었고 현재 1인 광고대행사를 운영 중이며 그 외 마케팅 독서모임장과 강사, 레슨 등에도 도전하며 소소한 즐거움을 느끼고 있다. 우연히 독서모임 시작으로 독서의 재미를 느꼈고 올해는 글쓰기까지 도전을 하게 되었다. 두려움을 용기로 바꾸고 성장하는 삶을 살고 싶다.

최서연

읽고 쓰는 삶으로 풍요로운 성장을 돕는 책 먹는 여자입니다. 도서 크리에이터로 유튜브에서 책을 소개합니다. 책 쓰기 코치로 누구나 내 생애 첫 작가 되기 프로젝트도 진행하고 있어요. 〈책먹는살롱〉 1인 출판사 대표로 전자책을 기획, 출간하면서 책으로 활동하는 영역을 넓혀가는 1인 기업가입니다.

한명욱

간호장교, 보건교사, 3P바인더 코치, 국제 코칭컨설턴트 등 다양한 직업적

경험과 자기 계발로 1인기업 '당찬하니 연구소'를 시작했다. 몸 건강, 마음 건강을 챙기며 '당당한 자신을 찾고자 하는 사람들의 건강한 자립을 돕는다'라는 사명을 위해 오늘도 배움을 놓지 않고 '나답게' 살며 끊임없이 쇄신하고 있다.

한수진

시간관리, 기록, 꿈, 사명, 독서 등으로 사람들을 돕는 셀프리더십 강사이자 노션, 엑셀 등 디지털 역량 강화 컨설턴트이다. 사람들이 깊은 잠에서 깨어난 듯 잊고 지내던 꿈을 찾고 자신을 들여다볼 때 가슴 벅차다. 세상에 꿈꾸지 못하는 사람, 교육받지 못하는 사람이 없도록 학교와 도서관을 지어 희망을 전파하는 것이 나의 꿈이다. • 인스타그램 @stepup.hansujin

나의 일을 사랑하기로 했다

초판인쇄	2023년 05월 04일
초판발행	2023년 05월 11일

지은이	김상미 외 7명 공저
발행인	조현수
펴낸곳	도서출판 더로드
마케팅	최관호 최문섭
IT 마케팅	조용재
교정교열	이승득
디자인 디렉터	오종국 Design CREO

ADD	경기도 고양시 일산동구 백석2동 1301-2 넥스빌오피스텔 704호
전화	031-925-5366~7
팩스	031-925-5368
이메일	provence70@naver.com
등록번호	제2015-000135호
등록	2015년 06월 18일

정가 16,000원
ISBN 979-11-6338-372-7 03810

참 신기하다.

책이란 걸 쓰면서 울면서 웃으면서

여러 가지 감정을 다 겪어보았다.

글을 쓰면서 직업보다는 나의 삶을 돌아보는

시간을 가지게 되었다.